魔豆

神使繪卷
The Story of GOD's Agents
12

目錄

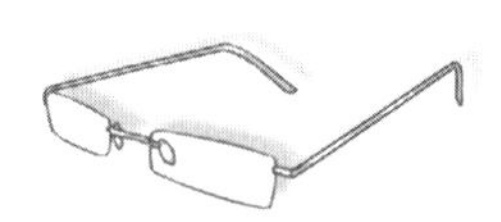

【人物介紹】

蔚商白

西華大學法律系二年級。
來自淨湖的神使。
高中時因「無名神事件」與一刻相識。
個性嚴謹，曾任糾察隊大隊長。

宮一刻

繁星大學中文系一年級，暱稱小白。
眼神凶惡、個性火爆，但喜歡可愛的事物。
身為神使，也具有半神身分，
因緣際會成了曲九江的神！

柯維安

繁星大學中文系一年級。
娃娃臉，腦筋靈活，但缺乏體力。
文昌帝君的神使，大型毛筆是他的武器。
自稱全天下的蘿莉都是他的小天使。

曲九江

繁星大學中文系一年級。
人與妖的混血，對周遭漠不關心的型男。
雖是半妖，也是宮一刻的神使。
出乎意料熱愛某種飲料！

楊百罌

繁星大學中文系一年級。
身為班代，個性高傲、自尊心強，
同時責任心也重；常被認為不好相處。
現為楊家狩妖士當家家主。

黑令

黑家狩妖士下任家主候選人之一。
身高超過190，靈力極高。
對任何事幾乎不感興趣，也提不起幹勁，
更加不在意自身安危。

珊琳

綠髮、深棕色眼睛的小女娃，
擁有操縱植物的能力。
真實身分是山精，楊家的下一任山神。

胡十炎

神使公會會長，六尾妖狐一枚。
雖然是小男孩模樣，卻已有六百多歲。
擁有天真無邪的面孔，惡魔般的毒舌。
魔法少女夢露的狂熱粉絲！

安萬里

繁星大學文學研究同好會社長，
同時也是神使公會的副會長。
文質彬彬，總是笑臉迎人，但其實……
妖怪「守鑰」一族。

范相思

神使公會執行部部長。
看起來約莫高中生年紀的少女。
個性有些狡猾，愛錢無人比！

張亞紫

繁星大學文學同好會顧問，
但真實身分為大名鼎鼎的文昌帝君，
同時也是柯維安的師父。
熱愛書與美酒，神使公會一員。

秋冬語

繁星大學中文系一年級。
系上公認的病美人，面無表情、鮮少說話。
種族不明，隸屬神使公會一員。

蔚可可

西華大學外文系一年級。淨湖神使。
個性天兵、無厘頭，常讓兄長與一刻等人
頭痛，但開朗的個性容易結交朋友。

楔子

那是一個陰雨綿綿的日子。

細密的雨絲不停地沖刷山林，使得林木的色澤看起來更加鮮明；泥土地因吸飽水分而變得軟滑深黝，似乎只要稍重踩下，就會在上頭留下一個深深凹印。

或許是雨日的關係，這片罕有人跡的山林愈發靜謐，空氣裡飽含冷意，一沾上皮膚，冰冷的感覺如同針般扎進身子骨裡。

但在這似乎只剩淅瀝雨聲的陰冷天氣裡，卻有抹身影悄然無聲地在林間悠遊行走。

那人身形不高，用「矮小」來形容都不爲過。

淡藍色衣袍隨著前行的步伐不時飄晃，即使一路行走，衣角也沒有沾到絲毫水氣，更遑論髒污了。

不僅如此，他邁出的每個腳步明明都踏在地面上，可卻沒有留下任何印子，就好似他的步伐完全不帶有重量。

普通人類難以做到這樣的事。

然而最怪異的並不是這一點，而是在那抹藍袍人影的頭頂上，赫然頂立著一對獸類才會

有的毛茸茸耳朵。

耳朵呈三角狀，毛色黝黑，泛著光澤。

這絕不會是人類該有的耳朵。

在常人眼中會被冠以「妖怪」之名的人影，依舊不疾不徐地走著，單手背負於後，泰然自若的姿態，就像在巡視自己領地的王。

倏然間，他的腳步停頓，不再前行，彷彿有什麼吸引了他的注意力。

的確有東西吸引了他的注意力。

擁有一雙金澄眼眸的矮小人影蹲下身，從泥土地上拾起一顆鮮紅得妖異的種子。

在棕黑地面上，那抹紅簡直怵目得不可思議，令人難以忽視。

人影捏了捏種子，又放到鼻前嗅了嗅，可饒是見多識廣的他，一時半會兒也辨認不出這是何種植物的種子。

他抬頭環視周遭沐浴雨絲中的樹木，那些都是他叫得出名稱的植物，卻沒有一株結有這類果實。

畢竟這是他的土地，他熟悉這裡的一花一草一木。

在許久之後，這地方的林木將被砍伐，人群聚集，新的聚落會蓋起；然後這裡終會矗立起一座被賦予「繁星」之名的學校。

不過在這之前，這裡單純就只是一名妖狐的土地。

外表像孩童的妖狐在好奇心的驅使下，決意將偶然發現的奇異種子帶回種植。

那種子沒有一點妖氣，但本身便足夠怪異。

妖怪向來喜歡怪異。

妖狐將種子隨意埋入花盆，隨著時間流逝，鋪著深色泥土的花盆內絲毫不見新綠冒出。

妖狐沒有丟了那個花盆，但也沒有多加留意，只任憑它佔據房間一角，反正他並不缺那麼一點空間。

這時候的他有太多事情要做，他成立了一個組織，召募志同道合的同伴加入。

他們的成員逐漸增加，組織越來越龐大。

然後有一天，他發現那個被他忽視許久的花盆裡，不知何時冒出了原本沒有的東西。

不是新芽也不是嫩葉，竟是鮮紅剔透的結晶花朵。

乍看下，宛若晶體雕刻出的花，一開始只是嬰兒手掌大小，接著像是霍然從沉眠中甦醒一般，花朵日漸增大，很快就超出花盆，往房間四周伸展。

結晶蔓延至地板，攀上牆壁，像是要侵佔整個房間。

妖狐很肯定自己從未見過這樣的存在，興許是他沒接觸過的妖怪品種，雖然他仍然感受不到妖氣。

不過妖狐可不是會在意這種小細節的人，他大大方方地貢獻出自己的房間，耐心等候、觀察，還孜孜不倦地做起記錄，甚至替每個不同階段的結晶花朵拍照。

這行爲被他的夥伴們笑說和個蠢爸爸差不多，只是別人養的是孩子，他養的是朵花。

就在房間被巨大結晶花朵徹底佔滿的那一天，花朵碎裂了。

先是一瓣裂痕無端出現在尖長花瓣的位置，隨即有如連鎖效應，裂痕就像蛛網似地迅速遍布。

下一刹那，是連綿不絕的清脆聲響劈里啪啦響起。

所有鮮紅結晶一路迸碎，細小的微粒飄散房裡，猶如在房內下起一場結晶雨。

當花心的鮮紅結晶應聲破碎，一團像是被結晶緊緊保護的肉色影子，從裡頭滾落到地面上。

「它」有著一雙沒有情緒波動的烏黑眼睛，彷彿兩顆黑色玻璃珠般瞅著視野內的景色。

「它」還有著如同白藕的短胖手腳，皮膚光滑細膩，幾乎連毛孔也看不到。

不管從哪個角度看，「它」看起來就跟人類的嬰兒無異。

目睹一切發生的妖狐，詫異又得意地笑了起來。

他當年隨手一撿，原來撿回了這麼一個奇異的小東西。

「不愧是用妖怪身分創建神使公會的本大爺哪，種出來的就是跟普通人不一樣，都佩服起我自己了。」外表仍像孩童的妖狐摸摸下巴，旋即像是覺得這體型不方便，一彈指，立刻變化爲少年模樣。

那雙盯視他的黑眼珠依然波瀾不驚，沒有一點嬰兒該有的顯著情緒。

如果要用字詞來形容，恐怕就是「怪異」了。

從結晶裡誕生，如同人偶般的怪異存在。

可妖狐少年笑得更開心了。他邁步向前，彎下膝蓋，將那光溜溜的小身子一把提抱起來，順便確認了對方的性別。

「妖怪最喜歡『怪異』，正常太讓人覺得乏味，正常等於無聊啊。」他輕輕捏住「它」的一根手指，或者用「她」稱呼會更貼切。「妳好啊，小姑娘。我叫胡十炎，是這地方的老大。妳叫什麼名字？」

小嬰兒還是面無表情地盯著人。

胡十炎咧嘴一笑，放出幾朵金燦的狐火當作慶祝煙火。

「我都忘了，名字該由我來取。我是在秋冬之際撿到妳的，那天還下著雨，但『雨』字聽起來太濕答答了，我可不喜歡濕答答……嗯，就換成『語』吧，以後妳就叫秋冬語。」

「歡迎來到這個世界，冬語。」

第一章

冬語……小語……

冰涼泛著濕意的物體驀地飄落至秋冬語白皙的臉頰上，瞬間讓她散落的意識歸攏，也促使她反射性地睜開雙眼，伸手往臉上一拂。

是片葉子。

秋冬語第一時間坐起身子，手指下意識往身邊探去。然而向來不離身的蕾絲洋傘卻不在一旁，只抓到一掌冰冷的空氣。

秋冬語微微一怔，覺得這一幕似曾相識。

不久前，她好像也做過類似的動作……對了，是下午時，可可被紫色蝴蝶攻擊，她想保護對方……而她醒來之後，是在宮一刻家，可可那時是安全的……

那，現在呢？

秋冬語晃晃仍有些昏沉的腦袋，抬手想按住額角揉一揉，垂繫在腕上的紅線頓時一併映入眼裡。

秋冬語瞬也不瞬地凝視那條紅線，四散的記憶剎那間一格格歸位。

她想起不久前發生什麼事了。

爲了引誘引路人主動現身，她自願成爲餌。她不知道自己究竟是什麼，但她知道自己很「怪異」。

老大曾經說過，妖怪最喜歡「怪異」了。

加上她也可能是妖，引路人也許眞的會將她視爲目標。

然後，引路人確實再次出現她的眼前。

秋冬語猶然記得那名臉覆「引」字面具的少年傾近自己，空洞的嗓音和蝶翅振動的聲響從四面八方將她包圍。

「回答我，應允我，我將替妳提燈引路。」

「我將……帶妳去該去之處。妳已經足夠。」

「所以現在，讓我替妳引路，只要回答我，應允我。」

——好。秋冬語張闔著嘴，輕聲地吐出一個音節。

她記得自己主動回應了引路人，因爲她想要幫上朋友的忙。

所以，這就是她隻身一人待在這詭異地方的原因嗎？

秋冬語維持著坐姿不動，長長的眼睫眨也不眨，唯有宛若潭水的眼珠轉動，將四周景色盡收眼底。

秋冬語發現自己身處一座廢棄的幼稚園內，這裡的環境、設施，看起來就和宮一刻曾就讀的那座幼稚園一模一樣。

溜滑梯、鞦韆、沙坑，還有像地標的恐龍擺設；自己身後則是一棵樹皮色澤似血液凝固、樹枝像乾枯手指的大樹，樹間垂吊的果實卻是膨脹得如嬰兒大小。

而且，所有景物的色彩……都與現實有著極大的差異。

大量的暗紅、暗紫、漆黑，間或夾雜著詭異的螢光色調，天幕則湧動著漩渦狀的灰白氣流。

這裡就像是色彩混亂倒錯的扭曲世界，處處瀰漫著壓抑的氣息。

假使換作一般人待在這裡，只怕用不了多久，精神就會先受到偌大的打擊。

但秋冬語絲毫不爲所動，白瓷般的臉龐沒有流洩出一絲情緒波動，就連眸底深處亦不見訝異或迷茫。

就像一對無機質的玻璃珠，忠實地把一切記錄在上頭。

沒有蔚可可或柯維安等人陪伴在旁，秋冬語不言不語，看起來愈發像一尊瓷人偶。

確認過視野內並沒有第三人的存在，包括將自己帶來此處的紫衣少年也不見蹤影，秋冬語緩慢地眨下眼，終於有了明顯的行動。

她從自己甦醒之處站立起來，嘗試召喚自己的武器。

然而蕾絲洋傘卻遲遲未出現她的手中。

這說明了兩種可能：一是洋傘落在現實世界，沒有跟著一同過來。不過秋冬語很快就否定這項猜測，她記得很清楚，蕾絲洋傘一直被自己緊緊抓握住。

那麼，想必就是第二種可能了。

她的武器被拿走了，而且在這個怪異的空間裡，似乎也無法隨心所欲地召喚它。

「要找出來，方便……做事。」秋冬語平靜地說，將掉落腳邊的紫色尖頂帽重新戴上扶正。

她牢記著胡十炎曾經的交代——正式行動就要搭配正式服裝。既然是正式服裝，就不能儀容不整。

「可可也說過……美少女，要整整齊齊……不能讓可可……失望。」

在調整尖頂帽角度的當下，秋冬語倏地留意到不尋常的細節。

她以為綁在手腕上的紅線應該斷了，可是就算她高舉手臂，垂下的紅線依然能碰到地，沒有因她的動作與地面拉開距離。

秋冬語怔怔地望著那條垂掛於眼前的紅色細線，眼睫突然快速地眨動幾下，原本沉寂的眼眸底也閃過一瞬亮光。

不單如此，甚至心臟的跳動好像也跟著快上幾拍。

范相思清脆、富有節奏感的嗓音從腦海內跳躍出來。

「這線是從紅綃那兒拿來的，她身上也有情絲一族的血統。雖然線無法無堅不摧，不過長度能不斷延伸。換句話說，只要不解下、不被切斷，就不會搞丟對方。」

秋冬語馬上想明白了。

無法看見紅線另一端，只怕是被空間阻隔的關係，乍看下才會像是她和蔚可可之間的連繫斷裂了。

但實際上……

「沒有將可可……搞丟。」秋冬語慎重地點點頭，指尖輕撫紅線。旋即像想到什麼，從身上翻找出由數枚小巧、色彩各異的鈴鐺串在一起的吊飾，將它繫綁在紅線上。

隨著秋冬語的動作，叮鈴的聲音就跟著在這死寂的空間裡響動起來。

秋冬語並不在意這鈴鐺聲是否會先引來不速之客，她都已經在引路人的空間裡了，那麼她的行動想必對方瞭若指掌。

她唯一要做的，就是設法在引路人注意到紅線的功用前，讓蔚可可等人能夠知悉她的所在地。

以及，找出引路人的蹤跡！

幾乎在念頭成形的瞬間，秋冬語也立刻採取行動。

她向來忠實安靜地執行公會交代的任務，從不提出異議，但不代表她不會自行思考。

和外表給人我見猶憐的病弱印象截然不同，秋冬語行事風格果斷迅捷。她首先便往幼稚園的圍籬邊奔去，打算確認能否離開這裡。

圍籬輕易被她躍了過去，只不過當秋冬語一落地，她馬上發現到自己居然還是在幼稚園裡，沒有離開過一步。

秋冬語再嘗試一次，得到的結果仍舊相同。

她毫不猶豫地在「向外尋找出口」這個選項上畫X。

顯而易見，引路人的這個空間，無法讓人輕易脫離。

一個辦法不行，就換下一個。

秋冬語左右張望，比起在現實世界裡看到的，眼前的幼稚園佔地更加廣大，原先L形的建築物都變成了口字形。

要是換作蔚可可在場，也許她會睜圓大大的眸子，驚歎地嚷道：「這裡難道會自動變大嗎？太神奇了！」

然後柯維安就會興致勃勃地加入討論，提出天馬行空的觀點，最後被宮一刻忍無可忍地喝令兩人都閉上嘴巴。

這幅想像輕易浮現在秋冬語腦中，緊接著她聽見一聲很輕的音節。

「呵。」

有人在笑。

秋冬語神色一凜，反射性警戒四周。但放眼望去，仍是空無一人，依然只見怪誕的色彩和破敗的建築物與遊樂設施。

沒有人。

那麼，是誰在笑？

而且那聲音……聽起來莫名熟悉，就好像自己隨時都……

秋冬語的思緒頓地停滯，手指無意識撫上自己唇角，那裡還保留著些許上揚的弧度。

——是她在笑。

秋冬語又發出了剛才自己聽見的音節，那的確是屬於她的笑聲。

「奇妙……」秋冬語喃喃地說，語氣揉入一絲不可思議，「但，喜歡……嗯，喜歡。」

這次不需花費什麼力氣，秋冬語自然而然地彎起嘴唇，與此同時，她也想起更多人。

那些自她有意識以來，就一直待在她身邊的人。

觀察，然後行動——這是安萬里。

直覺可是與生俱來的最棒存在，尤其是女孩子的——這是胡十炎。

秋冬語不假思索地依照那些彷彿徘徊在耳畔的聲音行動。

她再度奔跑，越過沒有特別遮蔽物的遊樂器材區。來到那棵畸形大樹旁時，她頓了下腳步，多看了那些龐大得像要即將爆裂的果實一眼。

秋冬語搖搖頭。她記得蔚可可上回給她看的恐怖片，裡面的異形蛋長得跟這個很像。主角們就是因爲隨意破壞，才會導致最後全體遇難。

「不碰……」秋冬語果斷地拔起腳步，闖入被黑色藤蔓佔領大片外牆的建築物裡。

「老大說過，敵人和笨蛋都喜歡……高處。」秋冬語喃喃自語，沒有多花時間巡繞，逕自直奔至最高樓層。

四樓是一間間的教室，大部分教室門都敞開著，或說搖搖晃晃地掛在門框上。

秋冬語挑了最靠近樓梯的教室，無視教室內的陰森氣氛與黑板上充斥著的眾多詭異塗鴉，她直接找了一張木頭椅子，二話不說便往地面一砸、再一踩，以驚人的力氣將椅腳拆卸下來，成爲她手中的武器。

沒有武器，那就自己想辦法弄出一個——這是宮一刻。

買一送一可是雙重保障，有備無患嘛。就像我買書都要買三本，一本供起來，一本自己看，一本傳教用——這是柯維安。

秋冬語於是連另一隻椅腳也拆了下來，再往下一間教室前進。

她不知道自己是否有「直覺」這種東西，但她就是覺得自己應該往這方向行動。

花了一些時間，秋冬語就把四樓連成四方形的廢棄教室都巡視完畢。

沒有特別的發現，也沒有她以外的人。

然而等到她走下三樓，走廊上一面等身高的鏡子也映入了她的眼裡。

鏡子外形相當普通，不見特殊裝飾，彷彿只是一般學校裡讓學生檢視儀容的等身鏡。

可是在廢棄的幼稚園裡出現一面不沾任何髒污的鏡子，就已夠古怪了。

要是有讓人覺得奇怪或危險的東西，那麼當然是，用力地打飛它——蔚可可活力十足的叫喊彷佛就在耳邊。

秋冬語舉起手上的木頭椅腳，然後用盡力氣地朝著鏡面揮擊下去。

紅線上的鈴鐺一併震晃出連綿不絕的叮鈴聲，和響亮的鏡子破碎聲交織在一起，徹底敲碎了空間中的荒寂。

第二章

叮鈴！

一開始，一刻等人都沒有留意到這個細微的聲響。

這個突然出現的鈴鐺聲，一下就被淹沒在諸多焦急的叫喚聲中。

「小語！」

「小語！」

「秋冬語！」

「小語！」

三名年輕的神使和老謀深算的劍靈都沒料想到，他們擬定的計畫竟會在最出其不意的地方出了差錯。

原本他們應該是靜待引路人被秋冬語引誘出面的。

然而那名外表病弱的女孩，卻主動回應了引路人。

可就在一刻他們要衝出躲藏處之際，另一抹紫色人影驟然平空來到。

相同的「引」字面具，相同的紫紅衣飾，相同的紅色布條……赫然又是引路人！

引路人身周的紫蝶化爲絢爛火焰，圍堵住他們的去路。

待眾人好不容易擊退、趕回廢棄幼稚園前時，路上已空無一人。

不見秋冬語，不見最初露面的引路人，唯獨與蔚可可腕上相連的紅線靜靜躺在路面上，失去了另一端主人的蹤影。

「小語……小語……」蔚可可煞白了臉，霧氣迅速在眼眸內堆積。可是在眞正化爲淚水溢出之前，她又飛快地用手背揉揉眼。

令人想到小動物的鬈髮女孩深吸一口氣，她的眼眶猶然泛紅，但她望向一刻等人的眼神卻很堅定。

「宮一刻，我們會找到小語的是不是？」

一刻原先已做好會看見蔚可可泫然欲泣表情的心理準備，可一同經歷了那麼多事，在沒注意到的時候，這名在他眼中如同妹妹般存在的女孩，似乎也成長得超出他想像的堅強了。

「嗯。」一刻不假思索地應了聲，隨後像是安慰般揉揉蔚可可的頭髮，「鐵定找得到。我們會找到秋冬語，然後痛揍引路人，綁架可是他媽的犯法的。還有，妳做得很不錯。」

「咦？」蔚可可有點茫然地抬起頭，不明白眼前的白髮男孩怎麼會忽地冒出這句誇獎。

「下次妳哥要是再凶妳，我可以替妳說情一次。」一刻沒特意解釋，只扔下這個保證。

「哎？」蔚可可愈發茫然了，只差頭頂上沒具體冒出一個問號。

蔚可可弄不明白，柯維安和范相思可是明眼人。

「我也喜歡堅強的小姑娘哪。」范相思將摺扇敲敲掌心，貓兒眼內滑過讚賞，「下次送她和小語遊樂園的雙人套票好了，反正灰幻送我這個，放我手邊也派不上用場。」

「……不，那擺明就是灰幻要約妳的吧？」柯維安忍不住吐槽，但見范相思還是一副氣定神閒的笑咪咪表情，他摸摸鼻子。

范相思肯定明白灰幻對她的心思，只是她自個兒心裡又是怎麼想的，至今仍是公會裡的不解之謎。

默默為灰幻點了一根同情的蠟燭，柯維安很快就轉了個方向。

別人的戀愛事還是別多管得好，以免一不小心，反倒被人誤當成情敵。憑灰幻的小心眼程度，這事實在太有可能發生了。

就說他對過了保鮮期的百年劍靈沒興趣了嘛……當然，這話柯維安是明智地放在心裡。萬一說漏嘴，他估計會被范相思笑容滿面地切成數段了。

就算對外表儀容不甚在意——否則當年也不會豪邁地剃成小平頭——但范相思再怎樣也是女性，不可能樂意聽見自己被視為過保鮮期的。

察覺到范相思眉毛敏銳地一挑，似乎從自己眼神看穿了想法，柯維安一個哆嗦，趕忙跑到一刻身旁。

「小白、小白，你覺得小語會被帶到哪裡去？」柯維安擺出正經八百的表情，裝作剛才沒胡思亂想，「還有啊，我剛也很努力。下次要是師父教訓我，親愛的，你能不能也……」

「我會替你哀悼的，你就節哀順變吧。」一刻不客氣地截斷柯維安的句子。不再理會對方心碎的眼神，他蹲下身，看著失去另一端連接的紅線線頭，「切面很整齊。」

「看起來不像受到外力扯斷……」柯維安也斂斂神色，蹲著觀察，「引路人是用什麼利器切斷的嗎？而且，還有一點也很令人在意……小白，帶走小語的是引路人，阻礙我們的也是引路人……」

「到底是有兩個引路人，還是他搞出的分身？」一刻理解柯維安的意思，他緊緊皺眉，對自己生出幾分惱火。

倘若當時他的速度再快一點，也許就能阻止引路人，而不是任憑意外發生……

「呆子，那可不是意外。」一柄摺扇猛地敲上一刻腦袋。

一刻惡狠狠地扭頭，凶眉倒豎，卻瞧見范相思正扠腰地俯視著人。

「嘖嘖，你的心情都寫在臉上了，宮一刻。」范相思將扇子往腰間一塞，食指衝著三名盯著自己的年輕神使搖了搖，「虧你和柯維安搭檔那麼久，好歹也要從他那學點厚臉皮，把想法放心裡哪。」

「等等，我哪裡臉皮厚？我明明天真、可愛！范相思，妳這是對我人格的污衊！」柯維安義正辭嚴地抗議。

「我知道了，那就用小強精神來形容你好了。」范相思從善如流地改口。

柯維安感到自己的小心臟再度受到同伴無情的傷害。

眼見柯維安像是張口欲言，范相思手一揮，「打住，柯維安，你再說話就罰你錢。本姑娘要說的是，那不是什麼意外。」

「不是……意外？」蔚可可困惑地喃喃。

「那是小語決定回應引路人的。」范相思說，「她主動促成了這件事。我猜她是想要趕緊解決引路人的問題，她認為自己如果主動回應，說不定能得到更多線索，或是讓事情有新的進展。」

「小語主動？可是小語以前並不會……」柯維安倏然睜大眼，想通一連串行為的意義，「小語……想要幫上忙？」

「具體來說，是想幫上可可的忙吧？」在蔚可可流露焦急和緊張之前，范相思先微微一笑。

「扣掉稍嫌魯莽這一點，不算壞事。小語更像是人，或是妖，無論如何都更像真實活著的存在了。我以前總擔心老大養出個人偶閨女，這樣沒人陪我一起開賭局、做莊之類的，可真是太無聊了。」

「我覺得妳不加最後一句會更感人，范相思。」柯維安誠實地說出眾人的心裡話。

「嘛，反正重點就是想辦法不要讓小語的心意白費吧。還有找回她，帶回她。」范相思食指指尖乍然浮出一簇尖利金光。

光芒轉眼間拔長，隨即在空中炸裂成更多碎片。

金耀的光片往四處飛散，同時也照亮這帶荒涼的區域。

「分頭去找，有任何異狀就喊出來。就算引路人的確將小語視為目標，但會那麼快就出現在這裡、還不止一次，恐怕這地方藏著某種獨特性。本姑娘就賭……」

短髮劍靈咧出凶猛的笑容。

「就賭他們不會跑太遠！」

范相思的自信大大鼓勵了三名神使，更不用說一刻他們對於能夠尋回秋冬語這件事也是深信不疑的。

那是他們的朋友、同伴，誰都別想擅自帶走她！

以廢棄幼稚園為中心，四人分頭奔走，只求能在這片夜色中發現任何不尋常異狀。

即使再小的線索也好，因為那極可能就是找到秋冬語的關鍵。

「小語……小語！」蔚可可手裡抓著長弓，屬於神使證明的淺綠色花紋，在右手手背至中指上發著亮。

這地區人煙稀少，堪稱荒涼，設置在路邊的路燈有的還年久失修、黯淡無光，使得這個路段散發出一股陰森氣息。

不過神使的視力一向比常人敏銳數倍，尤其空中還有范相思製造出來、作爲指路照明的金色光片。

形狀宛如利鏃的金片靜懸不動，倘若從遠方望來，簡直就像星空墜降至路面上方。

「小語！」蔚可可腳下步伐不停歇，嘴上也奮力大叫著好友的名字。

在神使專門結界的環繞下，不用擔心會有不相關的一般民眾察覺到此地的異樣。

蔚可可能聽見其他人的呼喊聲模模糊糊地從別處飄來，她喘了幾口氣，調整下呼吸，想要聆聽四方是否有任何回應。

就算這個機會可能微乎其微……

叮鈴！

蔚可可愣了下，連忙轉頭張望，不確定是不是自己產生錯覺。否則在這種狀態下，怎麼可能會有……

叮鈴！叮鈴！

如同要證實自己的存在非假，鈴鐺聲再度細小卻清晰地迴盪在路間。

不是錯覺，眞的有鈴鐺在響。

蔚可可背脊線條猛地拉直，她屏住氣息，好讓自己能捕捉到鈴鐺聲的來源。

就在下一秒，她清楚感受到腕上的紅線傳來不明顯的扯動。

蔚可可立刻舉高手，緊接著她不敢置信地摀著嘴，眼裡閃爍驚喜交加的光采。

直到此刻，她才發現到即使她抬高了手，綁在腕上的紅線依然貼著地面，沒有因爲她高舉的動作就和馬路拉開距離。

蔚可可想起來了，范相思曾說過這線是從紅綃那裡拿來的，雖然並非無堅不摧，可長度會不斷延伸。

「小語……和小語的連繫沒有眞的被切斷！」蔚可可控制不住地紅了眼眶，內心滿是喜悅的泡泡不停沖上，「鈴鐺聲……難道是小語把我送給她的吊飾掛上去了嗎？要趕快通知宮一刻他們！」

深怕時間一拖會誤事，蔚可可急忙想告訴眾人這個新發現。就在她折返之際，霍地一個激靈，有什麼重重敲醒了她。

他們要找出任何異狀。

這個區域裡……不就存在著一個最顯眼的突兀存在嗎？

蔚可可下意識想脫口嚷出自己得出的結論，沒想在同一時間，手機無預警鈴聲大作。

歡快的曲風在死寂的夜色裡，反倒呈現出異樣的詭譎。

蔚可可毫無防備下被嚇了一大跳，緊接著才驚覺有人打電話給自己。

不敢耽擱太多時間，蔚可可一邊往幼稚園的方向跑，一邊按下手機接聽按鍵。

瞬間便聽見一道高亢的嗓音急急從另一端湧溢出來。

「小可，那棵樹！幼稚園的那棵怪樹！」

「我剛剛也想到！小安，線沒斷……我和小語之間的線沒真的斷掉！我這就趕回去！」

「咦？線沒斷？什麼意思？」

柯維安詫異的追問轉眼變成一刻果斷的喝聲。

「等妳過來再說清楚，動作快！」

「遵命！」猜出柯維安的手機被一刻奪走了，蔚可可依言結束通話，馬不停蹄地疾奔回幼稚園大門前。

一刻、柯維安和范相思都在那等了，顯然他們也察覺到被他們忽略的最大盲點是什麼。

生長在幼稚園角落的畸異大樹。

它正是最不自然也最異常的存在！

「小可！」遠遠望見蔚可可奔來的身影，柯維安馬上舉高手揮舞。

等那名令人聯想到小動物的可愛女孩跑近，柯維安的疑問也憋不住地冒了出來，他沒辦

法忍受問題在心裡盤旋太久。

「小可，妳在手機裡說紅線沒斷……是怎麼回事？我們不是看見它斷了嗎？還有……」

「還有暫停。」一刻一掌拍上柯維安後腦，力道不大，但足以使後者發覺自己太心急。

「啊，抱歉、抱歉……我太急著想知道答案了。」柯維安趕緊停下連珠砲般的發問。他撓撓臉頰，娃娃臉上露出歉意，「小可，妳先說線的事，再換我說樹的事。」

「其實，也只是我自己的猜測……」蔚可可有些緊張地舔舔嘴唇。她抬高手，讓眾人直接看個明白，「如果線真的斷了，紅線應該不會再變長，是不是？按照相思之前說的……」

「紅綃的線要是被從中剪斷，或是用其他方法讓它斷裂，那麼的確就不會再產生任何變化。」范相思以扇柄抵住下巴，鏡片後的貓兒眼若有所思地凝望著始終貼著地面的紅線末端。

驀地，那雙貓兒眼滑過恍然，范相思忍不住咂下舌，「原來如此，是空間造成的錯覺。本姑娘居然遺漏了這點，太大意了。」

「空間？」

「范相思，能不能再說得簡單點？幼稚園等級的程度就行了。」

「你的程度真的降級到帝君會哭的地步呢，柯維安。」范相思嘆息地搖搖頭，清秀的面龐帶著憐憫。

「嘿，這絕對是人身攻擊。」柯維安認爲一定要替自己辯白，「我可是有想到小白以前讀的幼稚園裡有著那棵怪樹。普通的樹不會一下子就長出巨大果實；而且引路人還剛剛好都選在這裡現身，完全不用我們等太久。再加上小可說她的紅線不是眞的斷裂……」

「謝謝你告訴我一眼就能看出來的事實。」范相思一針見血地戳回去。

柯維安垮下肩膀。

「除了紅線沒斷外，還有鈴鐺聲……我聽見鈴鐺聲了！」蔚可可急忙補充，怕自己一旦疏漏任何重點，就會對事情產生影響。

彷彿像要落實蔚可可的話語，她句子方落，一道叮鈴聲便冷不防傳入眾人耳內。

只是這聲音卻讓蔚可可滿臉納悶，「呃……這聽起來和剛剛的好像不太一樣？」

不同於蔚可可先前聽見的若有似無，現在出現的叮鈴聲響亮得不可思議，簡直就像從身旁某個人身上傳出來的一樣。

確實是從某個人身上傳出來的。

「要讓你們失望了，那是我手機簡訊的提示音。」范相思聳聳肩，亮出手機，「只是不知道誰會在這種時候……喔。」

范相思滑動手機螢幕的手指停下，眉毛也挑高了一個弧度，「是安萬里。」

「學長？」

「那個黑心狐狸眼的？」

一刻等人沒想到會聽見這個名字，吃驚紛紛躍於臉上。

「對，就是你們黑心、還長著一雙狐狸眼的學長。」范相思嘴上回答著，手指迅速地在螢幕上戳按，「他說有事也要來潭雅，要我問問宮一刻你家還有沒有房間可以住。」

「沒有，絕對沒有！完全沒有！甜心家已經客滿了！」柯維安搶先用雙臂比出一個X，「狐狸眼只能睡屋頂，不准來破壞我和甜心的世界！」

「界你妹，你才是想滾去睡屋頂吧！」一刻瞪了柯維安一眼，「范相思，幫我跟學長說，我家的人口密度無法再增加了。」

「放心，我幫你拒絕了，我猜你不會想被迫和他一起看那什麼蒼什麼娜的片子。我順便還告訴他，我們正在某個地方開趴，叫他過來時記得帶上好吃的跟好喝的。」范相思俐落地收起手機，對上兩雙疑惑，以及另一雙寫著「幹得好」的眼睛。

「某個……」

「……地方？」

一刻和蔚可可狐疑地問，想不通范相思爲何要留下這個錯誤訊息給安萬里。

這個和鬼屋沒兩樣的幼稚園，橫豎看都只適合玩試膽大會吧？

「哎呀，當然就是這個地方囉，這個幼稚園。」范相思彎起透出狡猾的嘴角，字正腔圓地說道，以表示自己確實沒有語誤，「反正他要是眞趕上的話，就請他出力了。」

「小白，就是范相思要坑狐狸眼的意思啦。」柯維安和一刻咬著耳朵，「免費的人力、免費的食物和飲料，范相思就算不是坑錢，坑其他東西也不會手軟的。」

一刻抹把臉，現在更加體認到這點。

就在這一會兒的時間，一刻也明白了范相思話裡的深意。

不是眞正斷開的紅線，蔚可可聽見的鈴鐺聲，引路人接連兩次瞬間現身此地的原因……

「引路人的藏身之處，很有可能就在我們看不見的另一個空間，就在那裡。」范相思食指一比，不偏不倚指向了在夜間看起來陰森得嚇人的幼稚園。

「也因爲空間的切割，讓我們產生了紅線斷裂的錯覺。不過這樣也好，不管是從哪一方看，都只會以爲可可或小語是單純繫著條紅線而已，被引路人破壞的機率也會變小。雖然無法判定那空間會是怎樣的構造，但肯定夠大。我猜我們剛跑的範圍都包含在裡頭，否則可可不會說她聽見了聲音……」

叮鈴！

清脆的鈴鐺聲這次清晰地貫穿了夜色，迴響在眾人身邊。隨後聲音持續響動，間或停止，再響，形成了某種規律的節奏。

「等等，這是……」一刻表情變得微妙，他聽出這是什麼了。

「小語真是天才啊！」柯維安眼睛亮起，讚歎地擊了下掌。

其中尤以蔚可可情緒最激動，那張俏麗的臉蛋簡直像在發光。

「是小星星……是小星星！」蔚可可興奮不已地握住拳頭，「絕對是小語沒錯，她果然還在這裡！」

「答案都出來了，還在等什麼？小朋友們，闖進敵人的基地裡吧。我會讓對方知道，我的線人租借費，可是很貴很貴的。」摺扇不知何時又回到范相思手中。

隨著扇面俐落揮展開來，一刻等人也毫不猶豫地翻躍過幼稚園的圍欄，飛也似地來到那棵半隱於陰影內的詭異大樹前。

一刻、柯維安和蔚可可不由分說地握住自己的武器，屬於神紋的微光淡淡流轉，而白針、毛筆與碧弓自身的光芒，則是更加耀眼。

白銀、金燦、碧綠，三種流光照出了樹木大半輪廓。

在光的映照下，外觀本就畸異的大樹，似乎更讓人感到環繞著不祥的氣息。

分岔尖利的樹枝如枯骨，深暗的樹皮像是血液凝固後不久，自上垂下的碩大果實……

「好像人頭掛樹上耶，小白……」柯維安竊竊私語地說。

瞥見蔚可可儼然將柯維安說的畫面鮮活地呈現腦內，而導致俏臉發白，一刻沒好氣地罵道：「幹！你是嫌這裡的氣氛還不夠好嗎？信不信我叫曲九江過來放把火？」

「別啊，小白！那立刻就變成鬼火亂舞了！我們又不是真的要拍鬼片！」柯維安頓時花容失色。

要是曲九江真的被叫過來，他覺得那名半妖前室友會想先放火燒了自己。理由大概就是小白居然寧願帶他，也不願帶上自個兒的神使……

「總之，求放過我吧，甜心，別叫那人形凶器過來！」

「……你的腦迴路到底是怎麼長的？聽不懂你在說三小。」一刻鄙夷地瞪了柯維安一眼，自然不知道後者的腦海裡已經跑完一個小劇場。

「想像力太豐富果然是種病。柯維安，你該治治了。砍掉重練聽起來是個好方法，我會打八折的。」范相思打量著樹木，視線沒轉過，可噙掛在嘴角的盈盈笑意，足以讓柯維安打個冷顫。

「我很擅長砍東西的唷。」范相思又說道。

「拜託妳所謂的『東西』，不要把我算進去……」柯維安虛弱地舉起一隻手，「務必讓我繼續當個活跳跳的美少年。」

「當然囉。」范相思回過身，貓兒眼笑咪咪的，依然一副氣定神閒的姿態，好似她對接下來要發生的一切都胸有成竹。

就在柯維安反射性想脫口問究竟是「當然會讓他活跳跳」或「當然不會」時，范相思輕

快的嗓音先行一步再度響起。

「神使的力量先好好地保存著吧，等到了敵人的空間裡，才眞正叫有得打。在這之前，其他工作就先由我來負責。對了，柯維安，記得解除你的結界。如果安萬里趕來了，卻進不來，就沒法子趁機壓榨他了。」

能讓安萬里吃虧的事，柯維安都很樂意實行。他馬上毛筆往空中一劃，解除障壁。

待柯維安將結界解除完畢，范相思推高眼鏡，下一秒便猛地將摺扇往上空一拋。

「本姑娘剛有說過了吧？我對砍東西——」削著薄薄短髮的劍靈咧嘴一笑，笑容是說不出的自信狡猾，「可是很擅長的，更何況是存有縫隙的空間！」

摺扇的扇骨轉瞬間一根根飛離，熾亮的光芒籠罩在外，與扇骨融爲一體、拉長拔尖，變成了寒光凜凜的修長劍影。

劍影在空中環成一個圓，正好將畸異大樹圈納在中央。

「給我破！」范相思食指中指併攏，用力劃下。

她一聲令下，全數劍影迅雷不及掩耳地往下急墜，鋒利的劍尖氣勢如虹，「唰」地一聲全部刺入地面。

劍尖與土地接觸瞬間，一刻等人清楚看見無數裂縫從地面迸開，一路延伸至大樹樹幹。

然後，周遭影像崩垮，濃稠的黑暗從縫隙中噴薄而出。

第三章

一刻覺得自己起碼失去意識足足有好幾分鐘。

當黑暗猝不及防地將他們所有人包籠、吞沒後，他的腦海像是也被黑暗佔領，一切思考都被吞噬。

然後，色彩霍然歸來。

他重新又能感覺到自己的存在。

馬的，到底是發生什麼事？一刻在心底咒罵，奮力想撐開眼皮，好弄清眼下情況。但他的雙眼就像被深深的疲累感佔據，眼皮格外沉重，上下眼皮難分難捨。

這情形惱得一刻想直接爆出髒話。

幹！給老子爭氣點啊！要趕緊睜開眼睛，要趕緊確認其他人在哪裡！

一刻掙扎的過程中，可以感受到自己躺在一處地面，不是像柏油路那樣全然的堅硬和磕人，而是帶點柔軟……就像泥土地一樣。

除此之外，一刻全身上下感受最深的，就是來自肚子上的壓迫感。彷彿有人趁他不注意時，搬了顆巨石壓在上頭。

又沉又重，還他媽的又痛！

惱火的情緒一口氣飆升到最高點，一刻左手無名指閃現一圈耀眼的橙色花紋，同時雙眼也乍然睜開。

「我操！」一刻還是當場爆出了咒罵。

畢竟任誰在張眼後，發現自己身上居然多了一顆腦袋，都會受到十足驚嚇的。

不過等到一刻再定睛一看，這才看得清楚，原來是有人趴在他的肚子上，臉部朝下，留給外邊一顆毛茸茸的頭顱，才會讓他產生身上無端多出一顆頭的錯覺。

毋須將那人翻面，光從那鬈翹得如同鳥巢的髮絲與一綹格外頑強頂立著的頭毛來看，一刻已辨認出對方的身分。

「柯維安，喂，柯維安！」一刻撐坐起身子，將那顆毫無動靜的腦袋先推到一旁，再深深呼吸了幾口新鮮空氣。

怪不得會覺得肚子像壓著石頭，柯維安只是外表看起來瘦小，但體重可沒輕到哪邊去。

更不用說人一旦昏迷過去，重量可是會再增加。

摸摸還隱隱作痛的肚子，一刻伸手再推推柯維安，視線同時不敢放鬆警戒地往周圍掃視。

「柯維安、柯維安。」

他們看起來還是在幼稚園的庭院裡，那棵長得歪七扭八的古怪樹木也還在他們身旁，但卻不見蔚可可和范相思的身影……

等等，不對！

一刻猛地一股顫意襲上，終於發現他和柯維安壓根不在原來的地方。

四周景物乍看之下像是他所知道的廢棄幼稚園，然而色彩完全不對。

那些老舊破損的遊樂器材彷彿遭到惡意塗抹，被詭異陰森的暗紅、暗紫、漆黑，以及其他螢光佔領。天幕湧動著灰白色的雲層氣流，堆出無數大小漩渦。

尤其雲層又壓得極低，帶給人強烈的不適與壓迫。

而矗立在他們不遠處的那棵大樹，仍維持著尖利分岔的樹枝和深暗如凝血的表皮，但垂吊在樹間的果實卻膨脹成有如嬰兒般的大小，彷彿隨時會負荷不住、迸裂開來。

「這哪是演鬼片……他X的是要演末日怪物片吧？」一刻喃喃地說，毫不猶豫地一把拽起尚未清醒的柯維安。

「柯維安！」一刻不客氣地拍上柯維安臉頰。見對方依然昏沉沉的，他果斷採取更簡單粗暴的手段。

在這種鬼地方，在這種緊急時刻，溫吞地叫醒人只不過是浪費時間。

扯拽住柯維安的衣領，一刻直接一個頭鎚猛力撞下。

「好痛——」柯維安瞬間張眼，嗷嗷慘叫，兩泡眼淚跟著在眼眶裡打轉，「痛痛痛……小白，痛痛痛……哎？小白？」

柯維安總算看清近在咫尺的臉龐，那雙魄力十足的凶悍眼眸，看得他忍不住心臟跟著怦怦跳。

「甜心……我忽然覺得自己心跳變快，慘了，甚至連我的額頭都受影響，我的腦袋像是被一堆小矮人敲過……這是不是就是戀愛的感……」

「戀徭娘，誰戀愛會是這感覺？那是我剛撞了你的頭，你不痛才奇怪。」一刻放開雙手，送出一枚大白眼，「趕緊清醒點，柯維安，然後看看我們現在的狀況。」

「現在？」柯維安揉揉傳來強烈疼痛的前額，另一手則揮開在眼前繞圈子的金星。他看向一刻，再看向身旁，再看向一刻。

柯維安眸子越張越大，緊接著一骨碌地蹦跳起來。

「我們到引路人的藏身地點了!?」柯維安立即把所見到的線索串連在一塊。他的思路本就敏捷，就算只給他一點片段，也有辦法舉一反三。

柯維安迅速憶起先前發生的事。

范相思劈開現實空間與另一空間的縫隙，景物碎裂，再來是黑暗噴湧……

「等一下，小可和范相思人呢？」柯維安意識到事情的嚴重性，倒抽一口氣，怎樣也沒料到他們一群人會被分散，「小白，她們有在這裡嗎？」

「沒。」一刻臉色也沒好看到哪裡去。他擰緊眉頭，神情陰沉，「我醒來就只看見你，也沒發現引路人。」

「不曉得這地方手機還能不能通……」柯維安不抱希望地找出手機，然後毫不意外地看見螢幕上訊號全無。「好吧，意料之中……小白，這地方的品味怎麼看怎麼糟糕，我必須說那位引路人的美感很差勁……這些顏色刺得我眼睛好痛……」

柯維安苦著一張娃娃臉，開始合理懷疑這會不會是另類的攻擊手段，利用這堆亂七八糟的配色先打擊人的心理層面。

不過，當柯維安目光轉至那棵巨大又畸形的樹木後，他頓時忘記腦海裡那些亂七八糟的吐槽。他從樹梢望至樹根，再望向沉甸甸的詭異果實。

柯維安張了張嘴，最後乾巴巴地擠出聲音，「小白，好像怪物片。」

「操！誰像怪物片？少把我的名字當作主詞。」一刻彈下舌，張開手指。隨著他心念運轉，一柄如劍長的鋒利白針立即浮在他掌中，「看樣子，還能順利使用神使的力量。」

柯維安自是明白一刻在擔心什麼。

有時候他人的空間可能會限制力量的使用，畢竟這裡算是別人創造的「世界」，自有這「世界」的規則。

柯維安抓出包包裡的筆電，慶幸著在進入這處空間時，背包沒有遺失。否則就算他有神使之力，也沒辦法給予同伴最大的援助。

和一般神使不同，柯維安由於身分和體質特殊，因此他的神使武器是存放在張亞紫送的筆電裡，而不是體內。

基本上，神使一旦失去意識，武器泰半會散成光點，回到擁有者身上。

將手指往筆電螢幕探入，隨著螢幕像柔軟水面晃漾出圈圈漣漪，柯維安也順勢抽出一把筆尖蘸著飽滿金墨的巨大毛筆。

把筆電收進背包裡，柯維安正準備問一刻他們要從哪裡開始搜尋。就在這一刹那，一道光芒倏地亮起，在這座色彩詭異的怪誕幼稚園裡，如此顯目。

一刻和柯維安猛地轉頭，吃驚地發現到，前方建築物的三樓位置竟亮起了燈。

透著青白色澤的燈光很快就照亮了整間教室，接著是下一間，再下一間……

只不過一晃眼，三樓走廊邊的整排教室都亮起燈。

同時，還有模糊的朗誦聲隱約飄出。

這場景說有多詭異，就有多詭異。

「媽啊，我以爲上次在乞月祭看到的稻草人已經夠嚇人……原來沒有最驚悚，只有更驚悚嗎？是說連建築物都變大耶，我明明記得現實裡看到的是L形……」柯維安嚥了嚥口水，

「小白，等等要是我害怕到腿軟的話，求公主抱！」

「抱你老木。」一刻語氣冷靜、冷酷地說。他盯著在晦暗色彩中猶如等待他們自投羅網的亮燈建築物，表情嚴厲，「如果你腿軟，老子會拖著你一條腿繼續跑的。柯維安，你認為范相思和蔚可可在一起的機率有多大？」

「咦？我猜一半一半吧，畢竟不是落單，就是和我們一樣兩人組隊打怪了。小白，怎麼了嗎？」

「也不是怎麼了，反正就是祈禱蔚可可那丫頭沒落單。她愛看鬼片、恐怖片，不代表她就熱愛三D現實版的鬼片和恐怖片。」一刻回想著自己認識那名鬈髮女孩至今的相處片段，末了他沉痛地說，「好吧，那丫頭根本是怕死了。」

彷彿在印證一刻的話，霎時，一聲驚恐的女性尖叫猛地從建築物內爆出，像是驚雷砸進了這片混亂空間中。

一刻和柯維安對視一眼，旋即大罵出一聲：「我操！」

兩人不敢有任何耽擱，拔腿就是往建築物方向疾奔。

蔚可可無比慶幸著自己張開眼睛後，就在范相思身邊。

短髮劍靈醒得比她早，一雙貓兒眼與她對上視線時，毫不掩飾地露出鬆了口氣的神情。

「站得起來嗎？有沒有覺得哪裡不舒服？」范相思伸出手，幫忙將蔚可可從地面上拉了起來。

剛醒過來的蔚可可還有些迷迷糊糊的，她借力站穩身子，然後下意識先東張西望，撞進她眼中的詭譎顏色登時令她一呆。

等她發現不是自己眼花產生錯覺時，她忍不住摀住嘴，倒抽一口氣。

「這……這是……」蔚可可結結巴巴地嚷。

灰白色的漩渦天空，暗紅色的建築物外牆，還有佔領著大面積的漆黑爬牆植物……光是視覺上，就帶來強烈的衝擊和壓迫感。

更教人毛骨悚然的，是建築物與建築物的交接處，赫然矗立著一棵外觀駭人的大樹。模樣就和剛剛在廢棄幼稚園裡看過的一樣，然而體積足足大了好幾倍。更不用說那些垂吊在尖利枯枝間的沉甸甸果實，每一顆看起來都有著嬰兒般大小，膨脹的表皮似乎隨時都會爆裂開來。

蔚可可這時不禁痛恨起自己過度豐富的想像力，還有……

「天啊，我平常真的不該看太多恐怖片的……」蔚可可慘白著俏臉，自掌心後發出呻吟。她怕自己如果不摀著嘴，下一秒可能就會爆出尖叫。

「我已經自動把它們想成某種怪物的蛋了……它們不會爆開吧？拜託千萬不要爆——」

「冷靜點，怕的話就抓緊我的手，或是抱緊我也可以的。」范相思笑咪咪地截斷蔚可可幾乎快拔成悲鳴的自言自語。即使在這恐怖之地，她還是從容不迫得令人安心，「我的懷抱出借費不會太貴，一小時兩百元就可以了，這可是女士優待價唷。」

蔚可可眨眨眼，想像了下自己抱住范相思的畫面，再想起柯維安曾私下爆料給她的八卦——公會的特援部部長脾氣差、心眼小，重點是只愛范相思——於是她慎重地搖搖頭。

「呃，還是不要好了……我覺得自己現在稍微好一點了，稍微。」蔚可可放下手，臉皺成一團，強迫自己移開目光，不要再盯著那棵令人毛骨悚然的樹木，免得想像力又如脫韁野馬狂奔，自己先嚇死自己。

「哎呀，有好一點就好。」范相思摺扇往掌心一敲，語氣聽起來和「怎麼不花錢借個一次呢？」差不多。

「相思，其他人呢？宮一刻和小安呢？」蔚可可沒聽出范相思的惋惜意味，她驀然想到自己完全沒瞧見另外兩抹人影，頓時心焦蓋過害怕，急切地再打量起周遭，就連那棵大樹的後側也沒遺漏。

「他們沒跟我們在一起，也許是被分散了。」范相思笑意稍斂，微蹙眉頭。

「我沒料到會發生這種事，總之，我們應該是進來了引路人的藏身地。這裡的構造與現實中那座幼稚園類似，只不過是異變版本的。妳有注意到吧？這邊的幼稚園變得更大，我們

原本見到的建築物是L形……」

「這裡卻變成了口字形。」蔚可可接著說。

她們現在剛好身處被四方建築物包圍的中庭，無法得知外邊庭院的景象是不是也發生偌大的變化。

「但有一點證明兩邊空間是有縫隙連接的。」范相思往那棵怪樹走近幾步，摺扇像是想戳碰其中一顆果實。

在蔚可可提心吊膽的注視中，摺扇忽又收住。

「我們從樹的周圍進來，也在樹的周圍醒來，雖然不曉得樹怎麼從外面跑到裡面來……另外還想不透的，就是宮一刻他們沒一起出現。」

「啊，手機！也許可以打手機聯絡他們！」蔚可可靈光一閃地低呼道，立即七手八腳地找出自己的手機，可很快又垮下一張俏臉，「……沒訊號。」

「有訊號才要懷疑敵人的腦袋，乖。可可，妳的紅線還在吧？拉拉它。現在都在同一空間了，雖然超過一定距離，會自動隱去中間的線體，不過妳拉扯它，我們就能順著線的動靜先找到小語了。」

「紅線？沒錯，紅線！」蔚可可眼裡光芒驟亮，但又忍不住懊惱起自己的慢一拍，她居然忘記自己身上就有個最重要的關鍵物品。

連繫著她和秋冬語之間的紅線！

蔚可可想也不想地反抓住紅線一拉扯。

然後，面龐上血色盡褪，恐慌像一隻看不見的大手，遽然掐住她的心臟。

原本一直和地面維持極近距離的紅線，赫然跟著扯動往上縮了一大段，它的長度不再自動延伸，而是變得和尋常絲線沒兩樣。

蔚可可驚駭地瞪著捲在自己手上的紅線，寒意一股腦竄爬上後背。

不會變化的線，這表示著……

「線被弄斷了……嘖，恐怕還是被引路人發現到了。」范相思重重地彈下舌，「這可就不公平了，引路人腳上都可以拖著一條布，憑什麼小語就不能綁著一條線？這下沒辦法靠線直接找到小語……算了，沒差。反正我們的人都在這了，本姑娘就不信找不到人。」

腦海中飛快盤算著無數計策，范相思片刻間便拿好了主意。

「可可，妳想先找外面還是從裡面找？」

「咦？」

「直覺回答我。女孩子的直覺可是很有用的，嘛，誰教我的年紀再怎樣也算不上女孩子了。」

「咦？啊？我、我想先從裡面！」

「很好，那我們就從建築物裡開始找，走！」

范相思一點也沒有遲疑，果斷地依照蔚可可的選擇。

反倒是蔚可可為此大吃一驚，沒想到范相思會這麼信任自己反射性脫口而出的答案。

這樣眞的沒問題嗎？這個念頭只在蔚可可心底閃過一瞬，就被她一把揮開。

三思而行從來不是蔚可可的風格。

「不管了，就相信沒問題吧，人要向前看才行！」蔚可可如同給自己打氣般喊了一聲，手背碧紋驟現，一把青碧色長弓當下抓握指間。

兩名女孩的速度很快，一下子就將她們跑入的那一側建築物一樓巡視了遍。就在她們跑過樓梯口時，一截紫色猛地攫住她們的視線，讓她們硬生生停住腳步。

蔚可可張大眼，不敢相信地吸著氣。

范相思一個箭步踏上階梯，摺扇俐落地勾起那細長物體，空拋至自己另一隻手。

「哎呀，我剛說過什麼來著？」范相思滿意地吐出一口氣，貓兒眼笑得彎彎的，「女孩子的直覺，果然相當有用哪！」

抓握在范相思手裡的是一把洋傘。

——屬於秋冬語的蕾絲洋傘。

雖說在一樓往二樓的樓梯間發現了秋冬語的蕾絲洋傘，但范相思和蔚可可也只是暫時感到喜悅。

她們很快就知道自己的動作必須再快一點，要盡早找到秋冬語的下落才可以。

蕾絲洋傘是秋冬語的武器，如今武器不在主人身邊，代表的意義怎麼想都不會太樂觀。

「有兩種可能性。」范相思說，「一種是小語的武器被人拿走，隨意扔在剛才那地方。另一種……算了，就不討論了。」

蔚可可沒再問第二種可能性是什麼，因爲那是她不願去想的答案。

小語不得不捨棄她的武器……

不，不會的，別胡思亂想！蔚可可咬著嘴唇，拚命在心底大聲告訴自己。

自從找到秋冬語的蕾絲洋傘後，范相思和蔚可可又陸續找遍了二樓和三樓，然而依舊一無所獲，只在三樓的一處走廊上，看見地上灑落部分鏡子碎片。

別說是秋冬語，就連引路人也像徹底消失蹤跡一般。

環繞在兩名女孩左右的，就只有這片詭異古怪的建築物，她們只能沉默地前往四樓。

四樓和其他三層樓一樣，都是一間間的教室。只是裡頭的桌椅高度並不像是給年幼孩童使用，更像是給小學生。

教室內亦被怪異的色彩佔領，桌椅有的排放整齊，有的凌亂翻倒。

「……相思，好像有點不對勁。」蔚可可忽然乾巴巴地開口，她還站在四樓靠樓梯口的教室門口。

「怎麼了？」范相思訝異地回過頭。

那間教室她們剛檢查完，沒有人跡，只有黝黑的桌椅排列著。其中有張椅子被外力粗暴地弄斷了兩隻椅腳，顯得格外醒目。

「黑板……」蔚可可視線緊盯著教室內，纖細的身子緊繃，就像長弓上拉滿的弦。

蔚可可本來也沒有多加留意，在確認過這間教室空無一人後，她提步就想跟上范相思。是那張少了兩隻椅腳的椅子讓她多看幾眼，然後就在她抬起頭的剎那間，眼裡正巧映入了黑板角落的歪斜數字。

蒼白的數字烙進蔚可可眼底，讓她的後背倏地竄上不安的感覺。

范相思從蔚可可的表情嗅到事情有異，立即大步折回。

順著蔚可可僵直的目光望過去，范相思也看到黑板上的數字。它們就在不顯眼的角落，倘若不細看，很容易被黑板上其餘塗鴉引去注意力。

數字歪歪斜斜的，應該是記著今天的日期。

但問題是……

范相思瞳孔頓縮，那排數字是左右顛倒的！

范相思的心裡竄閃過一個可能的猜測，她馬上揮甩摺扇，鋒利的氣流在黑板上割出了一個數字。

那是一個「2」。

卻仍是左右顛倒！

「馬的！」范相思罕見地爆出了髒話，「是『鏡像空間』……居然被耍了一把！」

「鏡像空間？我們被關在鏡子裡的意思嗎？」蔚可可茫然地問道。

「不太一樣，但原理有些類似。可可，幫我拿著。」范相思將蕾絲洋傘交給蔚可可，她像是被氣笑地說道。

「我們之所以沒跟宮一刻他們在一起，只怕是因為我們根本就不是身處在同一個地方。空間有所謂正反兩側，就和鏡裡鏡外差不多。我還眞沒想到，那個被冠上『都市傳說』的引路人，竟然有辦法把自己的空間弄出了兩側。幸好可可妳注意到那數字，否則我們找再久，應該連個蛋也找不到。」

「也就是說，我們在反側，宮一刻他們，甚至小語都可能待在正面裡？」一旦事關朋友們的安危，蔚可可的反應就變得格外迅速，「可是小語的傘又出現在這裡？除非她曾到過反側又離開了，或是她的傘就是被人丟在反側……」

「想要知道答案，動手證實就對了。可可，站到我身邊，別離太遠。要脫離鏡像空間，首先我們得想辦法打破該死的鏡子，我都要開始懷疑三樓看到的鏡子碎片就是小語打碎的了。而我們現在找不到鏡子，那就把這裡——」

「全部打碎。」

范相思素來輕快的嗓音轉瞬間化爲沉靜，靜得像是根羽毛輕飄飄落下。

可是與這份輕巧相反，她往地面踩踏的力道卻是強悍猛烈。

踏步聲炸裂開的那瞬間，六枚碩大的劍影也在范相思腳下霍然綻放。

鋒利劍影迅雷不及掩耳地衝出，然後重重疊疊地旋綻出更多華麗劍影。

蔚可可震撼地看著無數劍影密麻地填滿了她的視線所及之處。

額前挑染著橘色劉海的短髮少女「唰」地一聲展開摺扇，如同呼應這俐落的音響，那些將空間填塞得擁擠的劍影，頓地渲染出銀白色光芒。

光芒彼此銜接，直至彼此毫無間隙，登時竟將此地輝映得亮如白晝。

蔚可可只覺眼底要被白光一口氣佔據，她一手緊抱長弓和蕾絲洋傘，一手反射性遮擋在眼前。

瞬間，空間裡出現了異響。

嗡嗡的顫動聲連綿不絕，越來越響亮，就像要把這裡的一切都撼動起來。

不對，不是像，是眞的被撼動了。

蔚可可驚慌地低頭往下看，腳下踩著的地面在搖晃，緊隨而來的是天地間驟然翻轉，倒映入眼中的景象全部扭曲。

等到蔚可可終於意識到這個空間成了上下顛倒的時候，她的身體也跟著往下掉，墜入猝然爆發的盛大白光之中。

鏡子碎裂的聲音猶如煙花迸散，劈里啪啦連成一片。

蔚可可不確定自己有沒有尖叫出聲，失速的下墜感讓她緊閉雙眼。她希望自己不要摔得斷了胳膊或斷了腿，否則宮一刻以後鐵定拒絕再讓她參加任務。

啊，還有老哥的臉色會很可怕，平常就已經夠可怕了啊！

蔚可可剎那間張開了雙眼。

當然不是因爲想到自家兄長的臉才嚇得張開，而是有人一把接抱住了她。

蔚可可的思緒出現短暫空白，她瞪大眼，但一時間好像什麼也映不進眼底，只聽到一道再熟悉不過的輕飄飄聲音說：

「老大，說得對……直覺，是與生俱來的最棒存在……」

咦？蔚可可僵直著身子，眼睛眨也不眨。她慢慢地轉動眼珠，看見一張白瓷般的精緻臉孔低頭注視自己。

下一秒，那張肖似人偶的臉龐露出稱得上微笑的一抹弧度。

秋冬語說：「不用線……我也，找到可可了。」

咦咦咦？

咦——

蔚可可目瞪口呆，無論如何也沒想到她們苦苦找尋的秋冬語，居然就這麼突如其來地找上她們了。

這份衝擊和震驚太過強烈，以至於蔚可可好半晌都回不了神，嘴巴張成O字形，眸子瞪得又圓又大，繼續維持著被人公主抱的姿勢。

一道「卡嚓」的音響驚回了蔚可可的神智。她下意識扭頭，望見范相思一臉疲憊地靠坐在走廊牆邊，但臉上猶帶著笑，貓兒眼也相當有精神，手裡還抓著一支手機。

「不介意讓我拍張照吧？公主抱……美少女版本的也很有看頭呢。」嘴上是詢問之詞，可是范相思在說話間又快速地連拍好幾張，一雙貓兒眼還狡黠地眨了眨，「老大鐵定會願意出高價跟我買的，他有幫小語做成長記錄相簿喔，也算是個蠢爸爸。」

好像在無意間知道了很不得了的事……蔚可可閉上嘴巴，難以想像那名個子矮小、但霸氣十足的六尾妖狐，原來還有這出人意表的一面。

不曉得跟老大借相簿的話，他願不願望讓自己看？蔚可可不自覺地又恍了下神。

范相思則是沒放過任何機會，再度抓好角度，手機一陣連拍。

身穿魔法少女裝扮的長直髮少女，看似不費吹灰之力地將宛如小動物可愛的鬈髮女孩打橫抱著，光是看畫面，就令人覺得賞心悅目。

范相思很滿意地收起手機，美少女的照片容易賣得好價錢，這可是不變的眞理。

況且，公會裡還有一堆單身漢哪。

「好啦，小語，妳可以把可可放下來了。」范相思的語調還是輕快，可也無法忽視從中透出的一股倦意，「雖然很想知道妳在這碰上什麼事，不過還是以找到宮一刻他們，一起脫離這空間為優先。事實上，我的力量有點不夠了，打破鏡像反側比我想像中還要費力。」

「明白……」秋冬語放下蔚可可。

隨著雙腳一沾地，蔚可可也眞正意識到——她們眞的找到秋冬語了。

「天啊……天啊……」積壓在心底的情緒控制不住地噴發出來，匯聚成驚喜和激動的河流。蔚可可紅了眼眶，猛地一把撲抱向秋冬語。她又哭又笑地摟抱著自己失而復得的朋友，就連話語也因爲太過興奮斷得結結巴巴。

「眞的是小語……我擔心……我眞的擔心死了啊！妳沒受傷吧？引路人沒對妳做出什麼事吧？嗚啊，完蛋了，我的眼淚好像要掉下來……」

蔚可可吸著鼻子，使勁地眨動眼睛，感到眼底已開始蓄著液體。

「沒有受傷，肯定。」秋冬語拍拍蔚可可的後背，心中被一股又甜又軟又膨鬆的感覺充斥，那就像是老大請她吃過的……「棉花糖？」

「咦？棉花糖？小語想吃嗎？」蔚可可聽見秋冬語的自言自語，詫異地從對方的肩窩處抬起臉，正想稍微拉開距離，確認地再次詢問，然而甫到舌尖的話倏然卡住。

教室裡的燈光亮了。

青白色的燈管一根根飛速閃爍出光芒，轉眼間整間教室大亮。

隨後是第二間、第三間、第四間……整排三樓的教室全都忽然亮起燈，青白慘淡的光輝把教室內一切景象勾勒得清清楚楚，也增添一抹陰森感。

蔚可可的位置剛好面對其中一間教室。

她看見在燈光亮起的下一瞬間，教室裡的座位平空多出了黑色的矮小人影，像塞雞蛋似地，一格格填滿座位。

人影背對著蔚可可，他們看起來就像是坐在教室裡唸書的乖巧學生。

可是在這種地方，這個屬於引路人的怪誕空間……怎麼可能會有普通學生？

蔚可可的雙手還搭在秋冬語肩膀上，她驚恐地嚥嚥口水。按照她以往看恐怖片的經驗，這時候人影應該會猛地全體轉過頭——

蔚可可駭然瞠大眼，腦海被大片空白佔據。

人影們刹那間眞的「唰」地轉過頭了，但黑色同時也從他們身上剝落，轉變爲乾枯的稻草色。

他們，不，它們穿著破舊的衣物，露出領口和袖子外的，是一束束紮綁起來的乾稻草；而它們的頭部，赫然是用蠟筆畫上歪斜五官的麻布袋。

稻草人們齊齊咧開嘴，衝著蔚可可露出恐怖的大大笑容。

這一次，蔚可可很肯定地知道，自己尖叫出聲了。

第四章

「蔚可可！」

一刻衝上三樓時，看見的就是一堆枯草色的東西，正從其中一間教室蜂擁衝出。

目標很明確，就是走廊上的蔚可可、范相思，還有秋冬語。

秋冬語？

一刻大吃一驚，但那身過於華麗的紫色洋裝他絕不會錯認。

安心的念頭才剛浮起，又被一刻猛地揉成一團，扔到旁邊去。

現在的情況可一點也不令人安心。

在大腦設法理清究竟發生了什麼事之前，一刻的身體已本能地快一步行動。

「都趴下！」白髮男孩大吼一聲，白針瞬間脫手，快若疾雷地往前呼嘯飛去。

驚人的速度甚至在捲起氣流時磨擦出尖銳的音響，彷彿有人吹了一聲高尖的口哨。

白針勢如破竹地貫穿一個個準備撲襲女孩們的枯黃身影，蠻橫的力道將之一舉帶走，最末釘在走廊尾端的壁面上。

然而阻斷了這一批攻勢，教室裡還有其他身影爭先恐後地衝出來。

「換我來！」慢了一刻好幾步才上樓的柯維安，瞬間判斷出情勢。

無暇多看那些人影的相貌，娃娃臉男孩即刻在地板上畫出錯縱的筆畫，濃金色的墨漬形成一串篆體字。

「一筆蓮華——華光綻！」

蘸著金墨的毛筆行雲流水地畫下最後一撇，金光迅雷不及掩耳暴起，像大刀一路往前飛斬，頓時將所到之處閃避不及的身影霸道地吞噬其中。

人影在金光裡變得扭曲，接著像是變形到極致，終而灰飛煙滅。

不待金光消隱，范相思和蔚可可也抓住機會反擊。

范相思摺扇一張，反手就從窗口射進教室。

扇骨根根脫離，白光包覆在外，像是多把小刀，精準地往諸多稻草人身上扎刺。

蔚可可拉著弓，碧綠光箭在長弓上成形，箭羽被她連同弦線抓捏在指尖處。

下一秒，弦放，箭射！

奪目的光束同樣飛竄入教室，將剩下的敵人一網打盡。

沒想到卻有一名落網之魚躲過這兩波凌厲攻勢，它貼著牆角，趁亂鑽出，稻草綁束的雙足猛一施勁，就要衝向離它最近的蔚可可。

在距離限制下，蔚可可根本來不及再搭弓放箭。她驚叫一聲，長弓反射性朝那抹影子搧打，旋即有把利如劍刃的洋傘穿透了那具軀體。

身形如同小學生的稻草人當場動也不動。

就像一具眞正的、沒有生命的稻草人。

「蔚可可、范相思、秋冬語，妳們沒事吧？」一刻大步跑來，「怎麼回事？那些從教室裡衝出來的是什麼鬼……！」

一刻的疑問像硬生生被人截斷，他低頭瞪著被洋傘釘住的枯黃身影，背脊僵住。

柯維安險些撞上突然停下的一刻，及時煞住腳步，本想問對方發現了什麼。

可是當柯維安從後探出頭，眞正看清方才被自己消滅的物體面貌後，呼吸不由自主一滯，顫慄衝上後背。

「不可能……」柯維安嗓子發乾地說，總是樂觀開朗的娃娃臉流露出驚疑的色彩，「這不可能……這不該……」

「小安？」蔚可可擔心地望著柯維安。她有時雖然遲鈍，可不代表這時候就會忽略柯維安和一刻表現出來的不對勁，「宮一刻也是，這個稻草人怎麼了嗎？」

「小語，把傘移開。」范相思先有了動作，她搖搖晃晃地站起身至稻草人面前，伸手將肚子破開一個大洞的稻草人提拎起來。

「范相思……」柯維安立刻被引開注意力，他語帶遲疑，「妳的手，好像在抖……」

「本姑娘的視力很好，看見了。不是好像，是眞的在抖。」和抖晃的指尖相較起來，范相思的表情還是一貫的氣定神閒，彷彿一點也沒放在心上。她一手扠腰，眼角微挑地瞅著柯維安等人。

「還不都是爲了要找你們幾個小朋友，我可是經歷了宛如上刀山、下油鍋般的辛勞。先別說老大絕對要發獎金給我才行，你們也該回報一下吧？堂堂劍靈爲了找你們，找到都手抖了喔。」

秋冬語安靜無聲地以眼神詢問蔚可可，像是在說——可可，妳們眞的有上刀山……下油鍋了？有被……割傷嗎？有被……燙傷嗎？

蔚可可茫然地搖搖頭。沒啊，最多就爬一堆樓梯而已。

況且除了飽受驚嚇，她和范相思還眞沒遇上什麼稱得上危險的事。

「放心，看在織女大人和帝君的面子上，把你們十八歲前收到的壓歲錢都匯給我就好了。」范相思笑吟吟地向一刻和柯維安攤開掌心，「如何，超級優惠的是不是？」

一刻和柯維安簡直要被范相思的理直氣壯給驚呆了，連帶地把方才見到稻草人的震驚也暫時遺忘。

「優……靠靠靠，這是哪門子的優惠？范相思，妳眞的不是把『搶錢』和『優惠』兩個字弄錯了嗎？」柯維安不敢置信地拔高嗓音。

「幹！范相思，妳分明就是在搶錢吧！」一刻臉色發青，從蔚可可在范相思身後偷偷比了一個「X」就知道，才沒有上刀山下油鍋這種唬爛事！

「而且這一點也看不出來有給我師父面子！」

「喂，你搞錯重點了，難不成你真的要給錢？」

「咦？對喔……」

「說什麼呢？」無視兩名男孩的竊竊私語，范相思臉不紅、氣不喘，特別坦然地說道：「沒給面子的話，當然是連你未來的公會薪水都直接設定成轉到我的戶頭來囉。」

柯維安目瞪口呆。

一刻張口結舌。

范相思笑臉迎人。

好半晌，一刻抹把臉，「……我想退出公會，行不行？」

「賣身契簽了就不能反悔，所以不行哪。不過剛才是跟你們開玩笑的，哎，別放在心上。」范相思笑咪咪地一彈指，「先來說說我手上這玩意吧。如果我沒記錯，它和灰幻在會議上展示出來的資料圖一模一樣，這是某一家的祭典用稻草人吧？」

「祭典？所以不是引路人品味太差做出來的東西嗎？」蔚可可吃了一驚，連忙從范相思的背後繞出來，「難道說，宮一刻你們也看過？」

「認真說起來，還跟它們打過。」柯維安乾巴巴地回答著。雖說最初的顫慄感被早先的談話沖散不少，可是面前稻草人的存在，讓那份小心收藏在內心深處的記憶片斷又滑溜出來，像條魚般擺動尾巴，要人重新正視它的存在。

於是柯維安重新回想起來，關於符家，關於乏月祭，還有關於情絲和傾絲……

「柯維安。」一刻倏地拍上柯維安的肩膀，看似凶惡的眼眸裡透出擔心。

「啊，沒事的。」柯維安立刻抬起頭，露出了一個笑臉，「甜心你別想太多，我只是在思考要怎麼用簡單的方式解釋。不過要是你真的超擔心，就不要客氣給我一個熱情洋溢的公主抱吧！」

「抱你妹！」一刻幾乎是反射性地厲瞪過去。

「要不我抱你？」柯維安眨巴著大眼睛，毫不堅持地換了另一種說法。

「靠杯啊……你到底對公主抱他媽的是有多執著？」一刻忍無可忍地翻了個大白眼，隨即又搶在柯維安像是要滔滔不絕地闡述看法之前，果斷地舉起手，「閉嘴，不准說話，嚴禁開口，老子來講。」

「那個，宮一刻，那三個詞的意思不是都一樣嗎？」蔚可可認真地提出意見，「中文系這樣不行啦。」

「不行妳——蔚可可，妳也閉上嘴巴。」一刻背後簡直要黑氣叢生了，青筋在額角突突地跳動。他千算萬算，就是沒算到蔚可可的天兵屬性在這時候發作。

眼見蔚可可滿臉無辜地用雙手摀著嘴巴，一副不明白自己哪裡說錯的表情，一刻不禁想在心底長嘆，開始後悔下午幹嘛要阻止蔚可可通風報信。

好歹蔚商白來了，還可以將這脫線丫頭管得死死的。

但想歸想，一刻還是記得目前的正事是什麼。他皺緊眉頭，看向稻草人的眼神幾乎可以說是如刀刃銳利。

「我不知道這該死的是怎麼回事，可是這個稻草人，估計包括剛剛滅掉的那些……和符家乞月祭的稻草人，該死的是完全一模一樣。」

范相思的眼底掠過一抹恍然。

她是公會部長之一，自然知道前陣子在寂言村、在狩妖士之首的符家所發生的一連串事件。

這同時也說明了，爲什麼一刻和柯維安的反應會那麼激烈。

——他們就是那次事件的當事人。

「符家乞月祭的祭典用稻草人，卻在引路人的空間裡出現？還是說……」范相思若有所思地瞇細眼，「有人特意在這裡，做出這種毫無美感的東西？」

「可是這裡明明就是引路人的空間啊！」蔚可可一時忘記一刻的交代，心直口快地脫口

說道：「潭雅市的都市傳說，怎麼想都和符家扯不上關係，更別說兩地距離還那麼遠。」

蔚可可無心的一句話，卻點出了最大的問題所在。

既然是潭雅市的都市傳說，為什麼在引路人創造的空間裡，會出現符家乞月祭的稻草人？

曾親身經歷乞月祭事件的一刻和柯維安很肯定，兩邊的稻草人沒有絲毫差異。

「馬的，搞什麼鬼啊……」一刻抓抓頭髮，被讓人措手不及的發展弄得煩躁。

柯維安的娃娃臉也苦惱地皺成一團。

乞月祭事件裡，不論是情絲、符廊香，甚至是傾絲，如今都已不在世上……

既然如此，又為什麼……越是思考，柯維安就感到愈發混亂，他怎樣也不認為這事會和符家人扯上關係。

「不，等一下。」一刻突然開口，他慢慢地說，「引路人的確是我們潭雅市的都市傳說。問題是，那指的是以前的引路人，我說的是女性版那個。從我唸幼稚園的時候，就有她的傳說了。」

「小白，你的意思是……」

「啊，我知道了！宮一刻，你是指引路人的傳說在潭雅市存在了十幾二十年，但是新引路人的出現也不過是這暑假間的事，說不定他就是個外來者？」蔚可可畢竟之前也曾面對過舊引路人，腦筋難得轉得特別快，「然後不曉得什麼原因，選了潭雅市當活動地點？」

一口氣說完，蔚可可忍不住覺得自己今天的反應眞是格外靈敏。她心裡有些得意，期待見到一刻吃驚帶著佩服的眼神，這樣她就可以回去和自家兄長大肆炫耀一番了。

只是蔚可可的得意在下一瞬間凍住了，取而代之的是僅能用「緊張」來形容的情緒。

「宮……宮一刻……」蔚可可手心冒汗、聲音微弱，就像是怕只要稍微大聲點，就會驚動到某種存在。

而那個「存在」，現在在白髮男孩的背後。

一刻不是沒聽見蔚可可急促的顫聲呼喊，自然也瞧見了那張俏臉上的不安與慌張。

他不知道蔚可可看見什麼，然而他很肯定自己此時看見的，應該也不會是什麼錯覺。

而且他猜，他的表情大概和蔚可可還很類似。

「小白，這叫什麼……說人人到，說鬼鬼到嗎？」和一刻站在同個方向的柯維安，呻吟地說。

蔚可可一個哆嗦，剎那間驚覺到，一刻和柯維安在她身後，也望見了「什麼」。

走廊上，一刻他們剛好呈四角地站著。

一刻和柯維安可以看到蔚可可的後方；反之，蔚可可亦然。

范相思和秋冬語則是站在靠教室窗戶，以及圍牆的另外兩側。

兩名女孩在一察覺到同伴的異樣後，快速地抬起頭。

秋冬語的臉孔像覆上面具，唯有眼瞳閃動情緒的起伏。

范相思的表情向來鮮活，鏡片後的貓兒眼不加掩飾地愕然大睜，嘴角無時無刻都掛著的笑意也凝住了。

接著，上揚的嘴角垮下。

「噢……」范相思放開提拎住的稻草人，袖口內滑出一把嶄新摺扇，「這可真有點……太出人意料了。」

不若其他人只看到一邊的景象，范相思可是將走廊兩端都納入視野內。

就在一刻他們與蔚可可的身後，赫然無聲無息地各站立著一抹人影。

用「站」來形容或許還不夠貼切，因爲人影踩著的地方，可是天花板。

從一般人的角度來看，那兩抹人影就是頭下腳上地倒吊於空中，全然無視地心引力的法則。

如果單單只是有人倒吊在空中，一刻他們的震驚可能還不會那麼強烈。

重點在於倒映入他們眼中的人影，皆是擁有著暗紫色髮絲，身穿紫紅衣飾，左腳纏繞著一條暗紅的長布，就像拖曳著一縷鮮血；蒼白的指間持握一盞長柄燈籠，臉上覆著半截素白光滑的面具。

面具缺少了視物的孔洞，僅有一個張牙舞爪的大大「引」字。

那是引路人。

這個怪誕空間的主人，終於正式現身在眾人之前。

「你們破壞了我的空間。」

空茫的嗓音說，來自左右兩個方向。

一刻、柯維安和蔚可可心下一悚，不敢遲疑地猛然轉過身。

「我操！」一刻當場爆出咒罵，他看見了引路人，轉身又看見另一個引路人。

「不是吧……這是哪門子的複製人遊戲？」柯維安白著臉哀號，他無意識地扯著一刻的手，逐步往牆邊退去。

「所以……真的有兩個引路人嗎？」蔚可可僵著背，也一步步往秋冬語身邊靠。

這下子，所有人都能看得清楚，在這條走廊的天花板，倒立著兩名彷如同個模子印出來的紫衣少年。

「你們破壞了她的遊戲，她不開心。」兩名引路人同時開口，不帶感情的聲音分毫不差地疊合在一起，讓人無從分辨哪一道聲音是屬於哪個人的。

但對於一刻等人而言，他們在意的是引路人口中的那個「他」。

是他或她？

「他是誰？」一刻冷下臉，厲聲質問，「他見鬼的在玩什麼把戲？你又是什麼東西？」

「我？我非妖非怪，此地的人們稱我為引路人。」紫衣少年空洞的聲音幽幽迴盪，似遠似近，「我提燈引路，帶人去該去之處。然，原本該只有那女。」

蒼白的手指舉起，從左右兩方指向秋冬語。

蔚可可一驚，急忙像護崽的母雞擋在秋冬語前方，圓滾滾的眼眸警戒地瞪回去。

「該去之處是哪裡？」范相思把玩著扇子，狀似隨口提問，可眼底是銳利的光華凝聚，「這個沒有邏輯、沒有美感的空間，就是你所謂的該去之處嗎？哎，那其他妖怪呢？別跟我說潭雅市失蹤的妖怪和你沒有半點毛線關係，我可是不信的哪。」

意外地，引路人居然笑了。

「呵。」

那音節怎麼聽都是笑聲無誤，只不過更像是模仿人在笑，裡頭不摻雜任何情緒，空洞得教人毛骨悚然。

「他們一直在，妳沒看見嗎？他們回答我、應允我，他們的力量足夠。他們的回答和應允，皆等於自願奉獻，那女亦是。」

引路人不快不慢地說，聲音像來自遠方，像近在咫尺，像不止是兩個人在說話。

「放屁！哪來的這種狗屁歪理！」一刻火大地吼道。

可對於白髮男孩的勃發怒氣，引路人就像視若無睹，手上的長柄燈籠驀地轉了方向，指向范相思。

「她說，妳最麻煩，鏡像空間是否有趣？」

范相思猛地捏緊扇柄，瞳孔急遽收縮，像是猝然領悟到某個一直沒注意到的關鍵。

爲了打破鏡像反側，她一定得耗損相當大的力量……原來對方的目的就是在此，才特意把她和蔚可可拉到鏡像空間裡去！

范相思發現自己終究太小覷這個「都市傳說」已經太晚，她沒想到對方身後還有人。

照引路人所說，凡是回答他或應允他，都等於同意奉獻。

那主動闖進這空間的他們……

「你們的舉動同樣回答了我、應允了我。即使你們非妖非怪，但她交代，所有力量皆不要錯過，因此我亦將替你們提燈引路。」

教室內所有青白燈光霎時暗滅，空中的兩盞燈籠宛如兩團不祥妖火。

引路人語氣冰冷刺骨。

「我已帶你們到達該去之處，同時，此地也是你們的……葬身之處。」

彷彿冰屑的尾音甫落下，倒立於天花板上的兩道少年身影瞬間迸散成大量妖異紫蝶。

散發著熒光的無數蝴蝶飛舞向四面八方。

與此同時，整棟建築物內部冷不防像是爛泥般快速塌融，詭異的色彩交會在一起，看起來簡直像是個混亂的漩渦。

當察覺到腳下地面一軟，一刻他們立時知道情況不妙。

如果他們眞被困在這裡，就等著先被這堆泥巴似的東西埋得滅頂了。

「小白，這時候我說我懼高，你願意給我公主抱嗎？」柯維安眞誠地問。

一刻也很眞誠地用行動給予回答。

他粗暴地抓住柯維安的衣領，猛地將人往圍牆外一丟。

然後在柯維安拖得淒厲的慘叫聲中，一刻也果斷地和范相思她們一塊往大樓外跳下去。

三樓的高度對於非普通人的一刻他們而言，並不是太大的問題。

眞正的問題在於落地後前衝的速度要夠快，才不會被壓垮下來的龐然黑泥給追上淹沒。

「小白，不要公主抱！但要拜託你拖著我跑了！」柯維安狼狽地從地面爬起，聲嘶力竭地對一刻大喊，也不知道是不是怕自己的聲音被覆蓋過去，或是因爲屁股跌得太痛，想藉此一併發洩出滿腹哀怨。

與柯維安當了一年以上的室友，一刻就算沒辦法理解對方的嗜好——他完全不想踏入那個堪稱邪教的世界——但迅速猜中對方心思，還是有七、八分把握的。

一刻當下意會過來，那名娃娃臉男孩想要採取什麼行動。

於是，一刻強硬抓住柯維安空著的那隻手臂，拉著人就往前狂奔。

而柯維安不愧是自稱即使在空中轉三圈，也有辦法成功發出手機簡訊的人。雖然是在這種被人拽著跑的彆扭姿勢下，他還是能靈活地單手揮舞巨大毛筆，飽含金墨的筆尖飛也似地在半空寫下了一個「牆」字。

隨著在詭譎色彩中顯得格外耀眼的金黃字跡成形，瞬息間，一道強盛的金色屏障也像城牆般霍然拔起，將潰堤的黑泥通通阻擋在奪目的光芒之後。

「可以了！」柯維安高聲喊道。

扯著他跑的人頓時反射性鬆開手。

於是柯維安的大叫瞬間變成了慘叫。

「嗚啊！」柯維安在失去平衡的情況下向後一摔，眼看可能就要臉滾地面。

不過一刻也迅速反應到自己太早放手，眼疾手快地再往後一撈，及時解除了柯維安的危機。

「小安、宮一刻，你們還好吧？」回頭發現一刻他們沒跟上，蔚可可趕緊慌張地再跑回去。待兩人有志一同地點頭，她才鬆了一口氣，忍不住也吐出對金牆的讚歎，「唔哇……這結界看起來閃閃發光，好驚人！」

「唯一的缺點就是不是眞的金子，差評。」范相思嘖嘖地搖搖頭。

「誰做得到啦，就算師父也不行好不好？」柯維安喘著氣，不滿地反駁，「范相思，妳這是強人所難。」

「我是啊，我最喜歡強人所難、強妖所難，和強神所難了。」范相思坦然承認。

柯維安被噎住。她說得好理直氣壯，我竟然無言以對……

「小柯……放棄。」秋冬語面無表情地拍拍柯維安的肩頭，「老大說過，你對上范相思……是不行的，沒辦法行的，不能行的……」

「小語啊，妳強調三次我『不行』，人家的美少年之心都要受到傷害了。」柯維安摀著胸口，眼神哀怨，不過得到的卻是一刻沒好氣的眼刀。

「誰管你行不行？廢話少說，我們可還在這個品味爛透了的幼稚園裡面。」

「所以我想活絡氣氛，免得大家心理層面疲……對不起，我會做個安靜的美少年，眞的。」瞥見一刻額角青筋隱隱有暴起的跡象，柯維安明智地把剩餘的話嚥了回去，不忘做個拉拉鍊的手勢。

在金光障壁的適時攔阻之下，建築物所化成的污泥沒有漫淹過來。它們堆積到一個高度，像是髒黑色的海洋。

然後在一刻等人驚愕的注視下，悄無聲息地往下降，直至完全被吸納入土地裡。

頓時，再也沒有任何障礙物遮擋眾神使的視線。

一刻他們看得清楚，在那座連成口字形的四方樓房消失後，地面上唯獨剩一棵陰森古怪的大樹矗立著。

「那是……」柯維安不禁吸口氣，連忙回過頭望向身後。

他們脫離建築物後，一路奔到了庭院，也就是遊樂器材區附近。

那裡也有著一棵大樹，表皮暗黑，似血液凝固；分岔的樹枝尖利，好似人類的枯指正往上空撕抓著什麼；樹間還結有數十顆碩大沉重的果實。

就和他們在金牆另一端看見的樹木如出一轍。

「有兩棵？」一刻錯愕。

他和柯維安是在遊樂器材區醒過來，接著就是循聲直衝亮起青白燈光的三樓教室，壓根不曉得大樓中庭裡原來還有另一棵怪樹的存在。

「我和可可是在前面，就是結界對邊的樹下醒來的。不過我們是被丟到鏡像空間裡，簡單來講就是這地方的另一側。」范相思說，「你們呢？」

「我和小白跟妳們不同棵。」柯維安舉手。

「和可可、范相思同邊……但不同棵。」秋冬語也舉高手，「但跑到大樓，看到鏡子……打碎，又掉出來，不久就接到可可……」

「哎哎哎？意思是小語一開始也在鏡像空間裡，之後設法跑出來，再找到也跑出來的我們嗎？」蔚可可訝異地睜圓眼，總算弄清楚在鏡像空間的三樓，爲何會有鏡子碎片散落。

秋冬語輕輕點點頭。

「唔嗯……」范相思將摺扇抵著下巴，思索道：「也就是兩邊的樹都可能是連接引路人空間和現實空間的縫隙位置，現在的問題是……我的線民們，被藏到哪裡去了？」

范相思此言一出，一刻他們也猛然記起引路人確實曾親口承認，他帶回不少能夠化爲人形的妖怪。

「他們一直都在這，妳沒看見嗎？」

「他們應允我、回答我，他們的力量和應允，皆等於自願奉獻。」

紫衣少年的嗓音空洞得讓人毛骨悚然，尤其是他的笑聲。那根本不是笑，還不如說是一個沒有靈魂的物體所模仿發出的音節。

一刻在成爲神使的這些年間，已經明白有時候和非人者締契約，並不須詳細的答覆。只要對於非人者的提問有任何肯定的回應，都會單方面被視爲同意。

想必那些在潭雅市失蹤的妖怪，就是因此被引路人帶走，帶來這處詭譎萬分的空間裡。

可是現在，引路人又說那些妖怪一直都在……

在這個如今連遮蔽物都失去的變異幼稚園內，究竟還有哪裡可以藏匿那些妖怪？

這念頭在一刻腦內一閃，隨即他一震，不敢相信自己會忽視掉這麼大的盲點。

有的，有個地方。

或者不止一個地方。

如果是那裡，正好符合引路人說的那句──他們一直都在，妳沒看見嗎？

「果實……」柯維安從發乾的喉嚨裡擠出聲音。先前有太多更重要的事轉移了他的注意力，讓他無法分心思考，同伴們的安危和下落佔據了他全副心思。

然而當范相思提出了問題，他瞬間就從引路人給出的隻字片語中，找到了最顯而易見的線索。

他們一直有看到，但忽視的……

「我的老天啊，難道說……難道說他們就在那些模樣嚇人的果實裡？」柯維安的呻吟更接近吶喊。

即使是還沒想到那裡的蔚可可，霍然間也反應過來了。她驚疑地扭頭看向身後和身前，臉上逐漸浮出難以置信的神色。

「他們……那他們……」蔚可可遲遲不敢將盤踞心頭的問題問出口。

然而眾人都能想到，蔚可可想問的是什麼。

那些妖怪，還活著嗎？

「有沒有活著，不如你們親自去找出答案？」空茫的少年嗓音無預警響起。

可放眼望去，竟不見那抹紫紅身影，唯有一隻渾身透著妖惑光輝的紫蝶，平空進入眾人視野。

「你們的行爲應允我，你們的聲音回答我。」

紫蝶慢悠悠地飛舞，隨著它的前行，原先只有一的身影分爲二，再分爲四，分爲八……

越來越多紫暗蝴蝶在空地上徘徊，它們每拍振一下蝶翅，似乎也跟著灑下點點熒光。

依舊只聞其聲不見其人，可恍惚間，紫蝶振翅的音響像是越漸放大，越來越大，連綿不斷，像是一波波不停湧來的浪潮。

誰也不敢掉以輕心。

「你們會和他們一樣，在此奉獻出你們的力量，爲了——」

空茫的嗓音輕得像是要在這一秒被蝶翅震顫聲淹沒。

可在下一瞬，倏又變得清晰可聞，像根針直刺眾人耳內。

「唯一。」

再簡單不過的兩個音節，卻像轟雷驟然砸下。

然後雷聲真的砸下。

就在這剎那，蝶翅拍動的響動猛地放大如雷鳴。

紫蝶像是狂風暴雨般朝著一刻等人急遽撲來。

「男左女右！」范相思最迅速回神，混亂中當機立斷地大喝，「散！」

聚在一塊的五人頓分兩方奔走。

一刻和柯維安的目標是金牆後的那棵大樹，「唯一」兩字帶來的震撼依然貫穿他們全身，但他們都知道這時最優先的該是哪件事。

柯維安揮筆消去金牆，與一刻全力往前奔跑，間或不停地使勁揮開接連湧來的紫蝶。

屬於引路人的空洞聲音，似乎無時無刻都在迴響。

「回答，應允。」

「將去之處。」

「奉獻力量。」

「爲了『唯一』。」

「『唯一』將甦醒。」

「我等的。」

「僅有的。」

「唯一的。」

「『唯一』。」

聲音越來越多，層疊在一起，讓人分不出究竟有幾人在私語，在呢喃。

隨後，所有聲音都在訴說一個名字。

他們在說：

唯一、唯一、唯一、唯一、唯一、唯一、唯一……

蝶翅聲和呢喃聲從四面八方包圍而來，一刻感到頭痛欲裂，那麼多年前的記憶猛地再被翻掘出來，彷彿他又重回了當年那個場景。

覆著「引」字面具的紅衣女子在高笑，漫天紅蝶遮掩了全部的世界。

曾經的引路人手執燈籠，在血色紅紗中伸出冷白色的手，像朵冷白色的詭異花朵——

「誰管你唯一三小！唯你老木啊！」一刻猛然一針揮劈開面前的紫蝶，連帶地也劈開執拗不散的話音。

一刻眼一戾，腳下使勁，迅雷不及掩耳地躍起，白針甩出的利光有如巨大月牙，登時將垂吊在半空的眾多果實一口氣斬落。

果實砸墜地面，外殼迸裂，一瓣瓣地剝裂開。

可是在果實裡頭的，卻不是任何人形妖怪，赫然是一團團紫紅色的扭曲物質。

「什——」一刻驚愕的喊聲還不來及具體地落至空中，那些分不清是霧氣還是其他的紫紅物質，猝然間竟轉化爲修長人形。

他們臉覆半截素白面具，大大的「引」字張牙舞爪地烙在上頭；紫紅色的古怪衣飾包裹住他們的身軀，左足纏縛一條如紅血浸染的長長布條。

那是引路人。

更多的引路人。

未等一刻從驚駭中回過神，一名離他最近的引路人轉瞬間欺身上前，蒼白的手指成爪狀地往前探出。

「向我許願，我將實現你的願望。」

未變的空茫少年嗓音，吐出的卻是截然不同的字句。

「人們稱我爲引路人，我不是妖亦不是怪。我存於這座城市之中，人們的口耳之中。我提燈引路，引領他人走出絕望，獲得所想所望，無論是何種方式。」

一刻瞳孔猛然收縮，顫慄衝上他的腦門，他手腳發冷，血液像瞬間流失，使得動作慢了一拍。

這不可能……

眼看蒼白的手指就要抓住一刻，說時遲、那時快，一抹金艷色彩像是大刀橫來。

「小白！」柯維安及時逼退那名引路人。他扯著一刻，轉身向後奔離之際，幽細的少年嗓音卻彷若蛇般攀纏上他的後背。

那嗓音說：

「啊啊……乞月祭，不見月。燈指路，山道行。符家人，拜著鬼。」

「鬼鬼鬼。」

柯維安駭然，一張娃娃臉刷成慘白。他反射性想要扭過頭，想要看清那到底是引路人，還是當日對符家懷抱憎怨不散的幽魂。

只不過柯維安才一動，就被一隻大掌重重地扣住後腦。

「別看！跑，這時候先跑！」從驚愫中抽離的一刻嚴厲大吼，反手拽住柯維安的手臂後，便直衝幼稚園的另一端。

那是范相思她們所在之處。

第五章

柯維安腦袋一片混亂，似乎再也沒有比這一時刻更讓他亂成一團了。

怎麼回事？怎麼回事？

他看見小白斬下了那些果實，可是從果實裡出現的是一個個引路人……

該死的更多的引路人！

慢著，該不會他們瞧見的另一名引路人，也是這樣從果實裡誕生出來的？

如此一來，在現實幼稚園裡看到的裂開果實，似乎就說得通了……

即使思緒亂得像打結的毛線團，柯維安奔跑時，還是拚命地從混亂裡揪扯出蛛絲馬跡。

如果引路人們是由那棵大樹的果實內而生，那麼那些話語又該怎樣才能解釋？

他們對小白說出了舊引路人的話語，又對自己說出乏月祭童靈的歌謠……爲什麼他們會知道？

是誰讓他們知道的？

「鬼才知道他們爲毛會知道！」

一刻粗暴的吼聲砸下，頓時讓柯維安意識到自己無意中嚷出內心想法了。

隨即柯維安緊急煞住腳步，才沒有釀成一頭撞上一刻後背的慘況。

柯維安用力眨眨眼，發覺他們兩個已經跑到另一棵大樹周邊了。

和自己這方採取相同舉動，范相思等人也同樣將樹上的果實都斬了下來，只不過在地面迸裂開的果實內，卻不是紫紅色的扭曲物質，而是連人形外表都維持不住的，妖怪們。

他們有的還保有部分人類特徵，有的則完全變回原形，共同點是看起來都虛弱不已，呼吸細微，好似隨時會停止。

范相思一眼就認出來，他們正是自己在潭雅市失去聯繫的線民。

「很弱……沒有意識。」秋冬語平靜地提出觀察結果。

「被抽走妖力了，那個混帳傢伙。」范相思驀地闔起摺扇，向來有著生動表情的臉龐，如今像覆上一層面具。

柯維安卻能看出來，那總是笑嘻嘻的短髮劍靈相當火大。

事實上，他也同樣對這個空間、這個空間的主人們感到火大。

不過有個細節，他覺得自己仍須提醒范相思她們。

「我承認對方很混帳……」柯維安舔舔發乾的嘴唇，「但恐怕不能說是『那個』，得說『那群』了。」

真的是一大群。

短短的時間裡，遠在另一端的紫紅人影就像鬼魅般出現在眾人周遭。

「哇喔……」

「咿！」

「嗯……」

三名女孩發出符合個性、截然不同的音節。

「本姑娘真的很火大。」范相思接著又說，「不止對這裡，嘛，還有我自己。」

范相思手指忽地微攏，每根手指都溢出白光，光芒轉眼形似利刃，但體積不大，就像精巧的匕首。

「我的力量不夠了，這是我目前能弄出的最大劍刃。」

「好小！」

「好短！」

相較於范相思以往的驚人劍影，一刻與蔚可可不禁吃驚地脫口喊道。

范相思也不在意，轉頭就對柯維安說：「聽到了沒有？柯維安，在說你呢。」

柯維安頓覺一口血像哽在心頭，他躺槍躺得也太無辜了吧！

偏偏太多血淋淋的教訓告訴柯維安，試圖和范相思逞口舌之快，只是徒勞。

柯維安的娃娃臉變換了幾種顏色，最末他霍然旋身面向引路人，毛筆也像長槍一樣，強

勢地直指正前方。

「你們根本就不是都市傳說吧？充其量只不過是後天加工的產物！最好有傳說會是亂七八糟地摻雜在一塊！」柯維安的眼神明亮又銳利，像燃起的一簇火焰，一貫的開朗笑容也自那張天生猶帶稚嫩的臉孔上隱去，取而代之的是一抹眞正的慍怒。

符家的童靈們早就該徹底逝去，不該被人如此惡意地重現世上。

沒有人能知道引路人的表情，他們的半張臉都被面具遮住，露出的嘴唇與下巴線條平靜得近似無動於衷。

但下一剎那，所有引路人提高長柄燈籠，所有引路人空洞開口，無數聲音分毫不差地疊合一起，宛如產生嗡嗡共鳴。

「引路人的傳說，是我部分；乞月祭的傳說，是我部分。」

他們低語，他們喃誦。

「眾多部分組合爲我們。然，不論是我們或是你們，都將成爲『唯一』的部分，成就獨一無二的『唯一』。」

引路人們靜靜地將另一隻手覆於面具下端，蒼白的指節和蒼白的面具彷彿要融爲一體。

接著他們不約而同地將面具往下摘挪，露出了全然黝黑的詭異眼睛。

沒有眼珠、眼白之分，像是黑色的死水，像是空洞的窟窿。

然而左眼的表層，赫然分布著縷縷幽藍。

那是曾出現在情絲、符廊香眼內的……不祥藍色！

事已至此，無疑落實了一刻當時在小巷內見到的幽藍色澤不是錯覺。

面前的引路人們，果然也受到了「唯一」的污染。

但是，爲什麼？

情絲被污染，是因體內本有「唯一」的封印。封印出現裂縫，才會導致「唯一」的污染外洩；符廊香則是間接被情絲污染。

那麼，引路人呢？

難不成……一刻霍地因閃過腦內的猜測一悚。難不成，在潭雅市裡也有著「唯一」的封印!?

「小白，你在懷疑潭雅市也有『唯一』的封印嗎？」柯維安本就是心思敏捷的人，尤其身旁的白髮男孩容易表露情緒在臉上，他一下子就猜出對方的想法。

柯維安退了一步，和一刻肩並著肩，壓低聲音說：「不過也有可能是在潭雅市外的地方就受污染……不管怎麼說，被這麼一大群引路人包圍實在壓力很大。要是換成女版該多好，起碼能安慰自己是一群美少女呢，感覺自己的春天都要來……咦？」

柯維安倏地驚呼一聲，連帶也打斷一刻準備對他投出的鄙夷目光。

在柯維的驚呼聲中，原先人數眾多的紫衣少年，竟一個個淡了身形，從實體轉爲半透明，復而消失在眾人視野之中。

到最後，空地上又僅剩一名引路人。

外貌爲少年模樣的引路人戴回面具，形狀姣好的嘴唇吐出空洞幽然的嗓音。

「我們都是部分，現在，你們也要成爲部分。」

話聲乍落，平坦的地面瞬間掀起大規模震動。

一條條粗大如手臂的長條物體穿破地面，迅雷不及掩耳地爬捲上一刻等人的雙腳。它們表皮粗糙，深暗中隱泛血色，就像是凝固後的血液。

這個顏色觸動了一刻他們的思緒，他們猛然驚覺到，這些長條物就是身後大樹的樹根。

靈活如巨蛇的樹根衝出得太突然，使得眾人沒有反應時間，頃刻便被束縛了行動。

樹根不單纏綑住一刻他們的雙腳，還向下猛力一拽，頓時讓他們失去平衡，只能狼狽地摔跌在地。

與此同時，又有更多細長樹根貼上一刻他們暴露在衣外的皮膚，末端突出尖利的小刺，扎進皮膚底下。

「馬的，幹！」尖銳的疼痛直湧腦門，一刻不管過大的動作是否會讓尖刺愈發深入，他咬牙扭身，想要一翻躍起，讓白針有揮動的空間，好一舉削斷這些纏縛雙腳的樹根。

但稍一使勁，一刻便震驚地發現到，自己的氣力以不可思議的速度急遽流失。他感覺自己就像破了洞的氣球，不停往外漏氣……

擁有相同感覺的不只有一刻，柯維安等人身上也發生同樣異狀，眼裡紛紛露出不敢置信。

「力氣……在流失？」柯維安倒抽一口冷氣。

「爲什麼？是這些樹根嗎？」蔚可可掩不住慌亂地掙動。她想要將光箭用力往樹根刺下，可抓握在手裡的光箭卻快一步散逸成光點，接著是她的手臂像失去支撐般軟軟垂下。無論蔚可可再怎麼拚命想抬起手指，體內卻是無力的。她使不上力氣，感到身體越來越沉重，疲倦感也在不知不覺中快速增加。

這當中，以范相思衰弱得最快。

爲了破開鏡像空間，她早就耗損太多力量。如今被那些古怪的樹根一纏，清秀的臉蛋頓時以難以忽視的速度蒼白下去。

「呿……被陰了一把哪。」雖然說連根手指也快要抬不起來，范相思還是擠出了獰笑，「這個空間的規則，是吧？你這個沒付錢，還敢欺負我線民的……混蛋！」

「是你們自願。你們的主動即是對我的回答、應允。」引路人居高臨下地俯視被樹根層層捲纏住的一刻等人，面具遮掩他的雙眼，可仍舊讓人感受到漠然冷澈的視線感傳來。

「但凡應允我者，便會奉獻上力量。不管是妖、是怪、是人、是神，皆不能違逆此空間的規則。」

「那麼……」一道輕飄飄的嗓音無預警響起，「倘若非妖、非怪……非人……也非神呢？」

在場所有人中，唯有一人擁有如此空靈的聲音。

引路人飛快轉頭，望向出聲之處。

尖頂帽落下的長直髮女孩亦身陷樹根盤錯之中，蒼白的膚色給予她精緻的五官一絲病弱味道，像是稍碰即碎的瓷人偶。然而從她嘴中吐出的聲音雖然飄渺，卻絲毫無丁點虛弱。

秋冬語烏黑無波的眼珠直視引路人，她說：

「我是人？否。我是神？否……我是妖或怪？答案，如今顯然也是……否。」

輕飄飄、但對引路人不啻為驚雷的最後一字尚未消散，說時遲、那時快，秋冬語驟然暴起。

隨著利光自樹根底下竄出，像道閃電似地撕裂空氣，那抹被華麗洋裝包裹的纖細身影也脫出了樹根的重重束縛。

蕾絲洋傘就像長槍，迅雷不及掩耳地鎖定引路人突刺過去。

引路人臉上第一次閃過明顯的動搖。

「不可能！」

就連嗓音也破天荒地染上震驚，不再如同先前空洞如人偶。只是這聲質疑也不能阻止秋冬語凌厲的攻勢，傘尖一晃眼逼近引路人身前，眼看就要沒入那具紫紅身影體內。

但引路人終究千鈞一髮地閃避開了，他的身軀化爲大量紫蝶飛散。秋冬語的洋傘只刺到一團虛無的空氣。

攻擊落空的秋冬語沒有多花時間追擊紫蝶，她反手將蕾絲洋傘往其他人方向揮動。數道利光縱橫交錯，一刻等人陸續恢復自由。

可恢復自由不代表恢復力氣，甚至就連「站起身」這個動作，對此時的他們來說也感到力不從心。

更糟的是，紫蝶猝地燃爲紫焰；另一端的大樹樹根也鑽出土地，像是躁動的群蛇，來勢洶洶地直衝一刻他們所在位置。

若再被那些樹根纏住，只怕眞的會被吸盡最後一點力氣，成爲引路人口中的「部分」，或是用「養分」更爲貼切。

即便秋冬語不受影響，到頭來也會因孤身一人難以扭轉局勢……必須想辦法脫離這個空間才行！

「范相思！」柯維安腦內齒輪運轉飛快，一下子就卡上了正確位置。「妳還能砍開空間裂縫嗎？妳不是說這兩棵樹都可能是現實與這裡的接縫！」

「廢話！」范相思也卯足力氣地喊，否則聲音會細小得幾乎難以察覺，「當然不行！本姑娘現在……虛弱得連隻雞也砍不了啦。」

柯維安噎住，他本來還以為范相思的「廢話」之後，接的會是「當然可以」。可下一秒，柯維安又見到范相思露出狡獪的微笑。

「不過，我們可是還有小語和宮一刻……半神的力量應該還沒被吸光。小語，動作快，目標是——對邊那棵樹！」

「明白……」秋冬語話語未散，人已如疾風掠出。她閃躲開空中的紫焰，敏捷地踩踏在那些一路破開土地的樹根上。

搶在樹根凶猛捲來之前，紫色靴子快一步拔離，起落間完全沒有受到傷害。

見狀，紫焰呼嘯追來，無數蝶形火焰緊追秋冬語不放，像是生起執著之心。

但逼來的火焰都讓秋冬語以張開的蕾絲洋傘擋下，淡紫傘面就像一朵剛硬的花，面對火焰的攻擊毫不退讓。

「不對，不可能。」

「這不對，這不可能。」

紫焰環伺下，空茫的少年嗓音也從各方響起。

「妳爲何能動？妳爲何不受影響？」

質問的音量逐漸加大，情緒的波動也越來越明顯。

「妳該是妖，該是怪，該是神，該是人。」

「妳該是其一。」

「妳爲何不是其一？」

更多質問強烈迴盪，像是一波又一波的漣漪擺晃，終於激起波浪。

引路人的語速開始加快，曾有的冷漠龜裂開一條裂縫，然後是更多的裂縫蔓延。

「爲什麼？」

「爲什麼？」

「無法理解。」

沒有間斷的句子接連一片，像張網子般將人包圍。

引路人第一次無法停止追問，他的心裡第一次產生了疑惑。寂如死水的嗓音起了波瀾，波瀾加劇，然後猛地掀起滔天巨浪。

這不對不對不對不對——

爲什麼爲什麼爲什麼爲什麼——

「妳非妖、非怪、亦不是人、不是神，妳是何物？」

絢爛的紫焰中，一隻手的形狀在凝聚，旋即是更多的身體部位成形。

屬於引路人的身形正自焰裡脫出。

而當紫色火焰一口氣從人形上剝離的剎那間，蒼白似冷月的五指也疾速探抓向前方的秋冬語。

距離縮短，更短。

秋冬語頭也沒回，她靈敏地奔跑跳躍，只為達成一個目標。

——使盡全力地攻擊另一棵樹！

就在引路人距離秋冬語幾乎觸手可及的同一瞬間，一刻也費盡力氣地靠近了他們那方的大樹。

一刻撐起半身，握起拳頭，試圖靜心凝神，只希望自己體內的半神力量能夠爆發。

但前一陣子的穩定性在這當下似乎失靈了，左手無名指上的神紋不見延伸。

該死該死，不要在這時間點上給老子出問題！一刻心急如焚，幾乎想破口大罵。

「小白，放輕鬆，吸、吸、吐。」柯維安急忙安慰一刻別緊張，但換來的是范相思不客氣的一掌。

「你當他是孕婦要生了嗎？」

「妳不是連宰隻雞的力量都沒了嗎？為什麼打人還那麼痛！」

「巴你還綽綽有餘，安靜。可可，換妳來，讓宮一刻的情緒激動點！」

「欸？我、我嗎？」蔚可可大吃一驚，腦內慌得像一團漿糊，全然不知該說什麼才好，「激動、激動……有了，被我老哥看見成績單上有一科紅字！宮一刻，趕快想像，這樣是不是很激動？很可怕？」

「我操！妳說的分明是妳吧！」一刻還是破口大罵了。

「那那那……那你就想像老哥把你的繃帶小熊全部打包丟上垃圾車！」

「車伝娘啊！誰敢動老子的繃帶小熊，老子就扁死他——」

太過鮮明的畫面自動補滿一刻腦海，一併湧上的還有勃然怒火。

完全不再需要任何幫助，一刻狠戾了眼，左手上的橘紋瞬時蔓延，像植物枝蔓般從他的無名指指節擴散開來。

「小語，砍它！」范相思放聲大喝。

在范相思拔高的喊聲中，在一刻霍然對著大樹根部砸下拳頭的轟然聲響中，在引路人蒼白的手指碰觸到自己皮膚的那一瞬間——

秋冬語平靜飄渺的聲音輕輕落下。

「謹遵……命令。」

與輕若羽毛的應允截然相反，淡紫色的蕾絲洋傘就像一道疾烈凶暴的閃電，以驚人的氣勢朝著大樹一斬而下。

引路人碰上秋冬語皮膚的指尖乍然像泡沫破碎。

不單是指尖，手指、手掌、手臂，引路人的身體和這個怪誕詭異的世界……霎時，一起破碎。

「什——」柯維安瞪大眼，只來得及喊出這一字，一股難以言喻的滔天力量將他整個人扯入了轉瞬成形的漩渦中。

扭曲的顏色吞噬了柯維安的視野，意識彷彿也要一併被衝擊得渙散。

柯維安只希望他的朋友們都能平安無事……

「柯維安，柯維安？」

「柯維安！」

急促的喊叫聲此起彼落地在柯維安耳畔響起，間或伴隨著臉頰被人拍打的觸感。

緊接著，那份觸感倏地拔成刺痛。

有人不客氣地往柯維安的雙頰上重重拍打。

「嚇啊！」柯維安當場被嚇得撐開眼，彈坐起半身，然後又是更強烈的疼痛迸發開來。

「咿嗚……」柯維安發出不成調的哀叫，手摀著額頭，眼淚都從眼底被逼出來，「好痛痛痛……我是撞到石頭嗎？」

「石你媽，你撞到的是我的頭！」惱火的熟悉嗓音落下。

柯維安急急再張開眼，淚眼矇矓中，他瞧見一刻蹲在自己身邊，也是摀著前額，只不過表情是猙獰的。

這似曾相識的一幕讓柯維安愣了愣，他想起自己不久前痛醒的時候，人是身處在引路人製造出的空間裡面。

等等，千萬別告訴他事情又重來一遍了!他的小心臟眞的會承受不起打擊的!

柯維安心裡剛湧上驚慌失措，其他人的聲音立刻又將他宛如脫韁野馬的瘋狂想像力一把拽回。

「小安，你的頭還好吧？剛剛那一撞，聲音聽起來超響亮的耶。」

「蔚可可，受害者是我才對吧？」

「哎唷，宮一刻你的頭那麼硬，沒關係的啦。小語，妳說是不是？」

「肯定……」

「肯你妹啦。」

「否定……沒有妹妹……」

「行了，宮一刻，不用糾結有的沒的。男人就該心胸放寬點，送錢大方點。說好要給我的錢呢？本姑娘可是爲你們上刀山、下油鍋啦。」

「……聽妳在放屁！」

自己不會錯認的說話聲自周圍響起，這下子柯維安是徹底清醒過來了。他趕緊往四周一望，看見一刻、蔚可可、秋冬語、范相思，還有七橫八豎躺在地面上的失蹤妖怪們。

所以，絕對不會是事情又重來一遍。

柯維安壓抑著驚喜，再仔細觀察起環境。身下的地面是正常的泥土色，前方是損壞嚴重的遊樂器材，看起來髒兮兮的，還很陰森。

可是，顏色恢復了正常。

柯維安再扭過頭，他們一夥人都在一棵大樹下。不過，除了樹皮還是令人想到血液凝固後的色澤，尖利的樹枝也像人的指骨外，樹上已不見令人怵目驚心的果實。

最後柯維安仰頭往更上方望，平日看到毫無感覺的黑藍夜空，這時卻讓他感動得幾乎熱淚盈眶。

「終於……回來了啊！」柯維安再也忍不住地歡呼一聲，他激動得想跳起來，可是腳下頓時一軟，只能一屁股再跌回地上。

「我們回來了，被吸走的力量可沒有。」范相思搖搖頭，給了柯維安一記朽木不可雕的憐憫眼神，「腦子呢？不會是跟力量一起被抽走了吧？」

「范相思，妳根本是被灰幻傳染了吧……講話好歹留點情啊……」柯維安垮著臉，摀住胸，「我的心都要千瘡百孔了。」

「不會啦，小安。像我哥超嚇人的，我的心臟還是一樣很健康。」蔚可可開朗地說，似乎將這當成對柯維安的安慰。

——那是因爲妳天兵，神經大條！一刻重重嘆口氣，還是沒將這話說出來，改而說道：

「目前大概就我和秋冬語還有力氣，不過這地方不適合久待。你們等等看能不能自己站起來，我們趕緊帶那些妖怪離開。」

柯維安立即明白爲何大夥多是坐著不動，他覺得若是慢慢站起來，自己該還是辦得到。

可是隨即，柯維安意識到一個更重要的問題。

他們所有人都在這了……那麼，引路人呢？

遭到毀壞的是引路人的空間，也不知道能對引路人造成多大傷害，但要徹底消滅應該是不太可能……

既然如此，引路人究竟到哪去了？

柯維安不自覺地將疑問脫口喊出，換來的是一刻緊繃的神情。

「我們回到這就沒看見，但是，這也是我們要趕緊離開的原因。」

因爲沒人能確定那名謎團重重的紫衣少年，何時會再度現身。

柯維安也明白事情的嚴重性，他一邊不敢太折騰身體地緩慢站起，一邊自我安慰著，「應該不可能那麼快，引路人一定有受到傷害，畢竟那是他的空間，也等於是他的一部分。我就不信眞的會說人人到，說鬼……」

「閉嘴！」一刻惡狠狠地警告。

這個娃娃臉混蛋，難道忘了他的烏鴉嘴老是在最不恰當的時機發作嗎？

「有那個碎碎唸的力氣，就來幫忙把妖怪撿一撿，少在那邊插旗了。」語畢，一刻不客氣地把撈起的幾隻妖怪塞進柯維安懷抱裡。

要離開也不能只有他們幾個人離開，那些昏迷不醒的妖怪也得想辦法弄出幼稚園才行。

幾番來回，就只剩一、兩名還保有人類特徵的妖怪仍在園區內。他們身形較大，無法像抱小動物般一口氣全都帶出。

最後是由一刻、秋冬語和柯維安再回到幼稚園。

雖然柯維安所剩力氣不多，但他也不願只讓兩名同伴出力，再怎麼說他都是男孩子。

就在柯維安幫忙一刻攙扶起一名妖怪時，忽然有幾簇光點從他的眼角處飄落。

「螢火蟲……？」柯維安下意識順著光點望去，旋即又發現更多光點由樹間飄下。

柯維安眼睛睜大，吃驚逐漸被驚恐取代，「靠靠靠……」

光點是紫色的，而且是妖異的暗紫，在夜間看來就像鬼火懸浮在空中。

「幹！」一刻瞬間咒罵出聲，他的神經還沒大條到認不出那是什麼。

那是引路人的光！

「動作快，跑！」一刻大吼。

彷彿發覺到一刻等人的意圖，光點數量瞬時增多，幽暗的幼稚園一下子被映亮了半邊。

秋冬語飛快地扯過柯維安，下一刹那直接把人空拋出去。

突來的變故震懾得柯維安連慘叫也忘記發出。

丟了一個，秋冬語再丟一個。不僅僅是她一手拎著的妖怪，包括一刻手上的也被搶過丟了出去。

一連串動作發生在片刻間。

搶在紫色光點匯聚在一起之前，秋冬語猛地又有了動作。

無視一刻驚嚇的表情，外表病弱的長直髮女孩挾抱起他就往外疾奔，同時光點就像要阻撓一般，飛快從後頭追來。

秋冬語速度極快，靴尖一蹬就是躍過圍籬，甫沾地便又拔腿再跑。

大股光點窮追不捨，一併竄飛出幼稚園外，甚至每個光點在眨眼間都化成斑斕紫蝶。

「小語趴下！」蔚可可突如其來地大叫。

沒有任何猶豫，秋冬語登時抱著一刻往下臥倒。

成群紫蝶的正前方，鬈髮女孩手持長弓，碧綠光箭上弦。

即使臉蛋透出虛弱的蒼白，蔚可可眼神依舊堅毅。那雙凜然的圓眸沒有眨動，手指瞬時鬆放，碧綠色光箭呼嘯射出，直衝團聚在一起的紫蝶。

蔚可可那一箭是拚了力氣射出的，箭一離弦，她的身子馬上搖搖晃晃地往下跌，幸好還有柯維安眼明手快地幫忙撐住。

一刻是被秋冬語壓按倒的，從他的角度無法得知身後情況。

但是柯維安他們看得清楚，那一箭可以說是勢如破竹地貫穿了紫蝶群。

已經聚成人形的紫蝶被強勁的力道往後帶，最末釘在電線桿上。

紫蝶撲簌簌地往下墜，紫色人影被箭身穿過了肩胛，只是並沒有流出血液。

見到自己的武器終於擊中目標，蔚可可再也撐不住了，手上長弓最先消逝，再來沒入引路人體內的光箭也變得模糊。

一刻撐起身子，轉頭向身後望，映入眼中的是肩膀開了一個窟窿的引路人。

臉上覆著半截面具的紫衣少年安靜得像尊人偶，然而一刻卻覺得對方正瞬也不瞬地凝視著他們。

他和秋冬語所在的位置。

當空茫的嗓音逸出，一刻立即明白引路人看的是秋冬語。

「妳該是妖，該是怪，該是神，該是人。」

「妳該是其一。」

「妳爲何不是其一？」

引路人不穩地往前走，他說話的速度越來越快。

一刻心底卻是越來越涼，他看見引路人的胸口前有東西正在鑽出，細長的黑線簡直像受到無形的瘋狂力量拉扯，不斷往下伸長。

「見鬼了……」尤其當一刻聽見另一方傳來的抽氣聲，他就知道那果然不是他眼花產生的幻覺。

那是欲線。

欲望失衡所具化出來的線條。

「爲什麼？爲什麼？」

「妳是何物？」

「告訴我，妳是何物？」

「我想知道知道知道知道——」

「我想——」

引路人身影霍然消失，再出現時赫然急逼至一刻和秋冬語身前。

「知道。」

細瘦的身子彎成古怪的角度，蒼白的面具冷不防湊得極近。

「回答我回答我回……」

「回你去死！女孩子的隱私干你屁事啊！」抓住這個瞬間，一刻猛地發難，攢緊的拳頭鎖定那張面具，大力揮砸出去。

這拳不單砸得引路人面具盡碎，也讓他踉蹌地向後摔跌。

但一刻卻沒有半點喜悅之情，因爲倒映在他眼內的黑線已經碰到地。

引路人還是維持著跌坐路面的姿勢，可他的腳下卻有一道巨大黑影衝湧而出。

黑影叼咬著欲線，飛躍至空中再扭轉的身影，就像一條漆黑的大魚。

緊接著「大魚」咧開巨口，一口氣將下方的引路人從頭到腳呑吃進去。

那是瘴。

那不是瘴異。

但不論是何者，在和宿主完成融合的刹那，都可能引發……一場驚人的爆炸！

「該死的！」范相思驟然憶起這點，當下變了臉色，「小語、宮一刻，快退後！」

同時不顧自己幾乎已掏空了力量，范相思重重踩踏地面，耀眼的光芒乍然衝起，旋即綻成數條劍影。

彷彿沒注意到自己的足尖開始像雕像碎裂般迸出裂縫，范相思手一揚，劍影立刻飛向一刻他們前方。

但是，依然慢了一步。

不斷扭曲的巨大黑影倏然靜止。

緊接而來的，就是一場爆炸的發生。

轟然聲響直沖夜空，挾帶黑氣的氣流強橫地呈放射狀衝撞，凡是被納入範圍的物體都遭到波及。

范相思的劍影來不及擋護在一刻他們身前。

說時遲、那時快，有條人影飛速閃入。他抄起秋冬語的蕾絲洋傘，迅雷不及掩耳地打開傘面，讓洋傘像朵大花般盛綻開來。

就在傘面全然撐開那瞬間，以傘尖爲中心，一道淡色白光屏障跟著包裹傘面般向後伸展，呈現一個橢圓形，將後方的柯維安等人一併納入保護之內。

直到爆炸衝擊力消散，那人才又放下洋傘。

「看樣子你們不是在開趴呢，小白，眞令人遺憾。」

讓人如沐春風的醇和嗓音說道。

握著傘柄的那人一身休閒又帶著書卷味的服裝，格紋襯衫幾乎快成爲他的代表特徵。鏡片後的眼眸像月牙般微彎，只不過眼珠是青碧色的；半邊臉頰還附著古怪的石片，但另外半邊依然俊雅。

那是安萬里。

「學長……」一刻腦海被巨大的驚訝籠罩，但身體卻本能地放鬆了緊繃。

「我相信我們彼此都有疑問，只不過顯然要晚點再談。」安萬里唇畔噙著笑意，碧眸裡閃動著銳利，他直視著前方的身影。

紫髮、紫紅色的衣飾，一足纏繞著紅色的長長布條，蒼白的面孔沒有任何遮蔽，清楚地讓人看見他的雙眼。

一隻爲不祥的猩紅，一隻是猩紅中帶有幾縷幽藍。

「……『唯一』的污染？」安萬里是何人，他的種族是「唯一」的天敵，他立時斂了唇邊的笑意。

沒想到有道清脆的咯笑聲緊接在之後加入。

「哎呀，果然是守鑰呢，一看就發現。」

屬於女孩子的說話聲就像夜間無預警綻放的煙火，驚得所有人一震。

「眞危險，你們這些討厭的傢伙差點就把我和……大人做的人偶給毀了。」從引路人的影子內霍地悄然再浮出一抹人影。她全身都被斗篷遮得嚴實，只能見到寬大兜帽下的下巴線條。

「我得先帶他走了，但我們很快就會再見。」

「既然如此，不如我們現在就見吧！」范相思話聲剛落，還停留在空中的劍影即刻向下俯衝，目標就是那名斗篷少女和引路人。

只不過少女顯然早做了防備，她抓住引路人，兩人身形一晃眼便融為黑影，沒入地面，留下的僅有竊笑般的低語。

「你們破壞了我和引路人費心打造的世界，作為獎勵，告訴你們一個祕密。我的人偶是都市傳說，卻也不是都市傳說，是收集『材料』，用木頭製造出來的唷。」

餘音縈繞路間不散，引路人和少女卻是完全消失無蹤。

安萬里微抿著唇，臉上這瞬間失去了表情，透出奇異的冷酷。

「小語、宮一刻！」蔚可可在柯維安的攙扶下，心急地趕上前。

「可可……」秋冬語馬上迎上，接手了柯維安的任務。

柯維安幾乎當場無力地跌坐在地。

「柯維安，你他X的別坐我腿上！」一刻咬牙切齒地喊。

「咦？欸？一定是我的屁股下意識想尋找最舒服的地方……等等，甜心，你的眼神看起

來想宰人……」

柯維安的聲音越來越小，他乾笑幾聲，不至於看不出他家小白想宰的就是自己，連忙趕緊換了位置。

「我的老天……小白，你們剛有聽到吧？那個斗篷人，她鐵定就是引路人當初口中說的『她』了。她說是她和某個人製造出引路人這個人偶，所以幕後黑手有兩個人……他們到底是什麼來歷？引路人有被『唯一』污染的痕跡，也就是說他們一定也跟……」

「跟『唯一』有關。好了，打住，再多說扣你薪水，別忘記我是你們這群神使的直屬上司。」范相思單腳蹦跳過來，俐落地截斷了柯維安的喋喋不休。

柯維安立刻閉上嘴。范相思離開公會出走三年，他險些忘記執行部部長就是統率公會神使的負責人。

好吧，是直屬上司沒錯。

「嘛，我們都有一堆疑問，關於『唯一』、關於引路人，還有那個突然殺出的程咬金。」注意到一干小輩們的眼神含著驚疑地盯著自己的腳，范相思低頭看了一眼布著數條裂縫的右足，不以為意地聳聳肩。

「只是力量用過頭而已，休養一陣子就會好的。回歸正題，首先我們可以肯定對方跟『唯一』脫不了關係。然後那個引路人，聽起來就是用很多東西拼出來的，是後天製成的人偶。但不論他眞正身分是什麼，我們都有大麻煩了。瘴入侵他、吞噬他，他的力量會增強。」

「而妳的腳要是眞的碎了，灰幻會牽怒到我們所有人身上的。」安萬里不疾不徐的聲音插入，隨後出其不意地將個頭嬌小的劍靈打橫抱起。

他看起來斯斯文文的，力氣卻意外地大。

范相思被這突如其來的舉動弄得一驚，但很快又放鬆下來。

反倒是蔚可可緊張地問：「等一下，灰幻不會介意萬里學長對相思……呃，就是做這樣的事嗎？灰幻不是聽說……」

「嫉妒心重，心眼又小。」柯維安很樂意幫忙補充。見范相思沒有要扣他薪水的意思，他笑咪咪地再說道：「啊，不過灰幻不會將狐……副會長當情敵的。全公會都知道，副會長的身心都獻給蒼井索娜。簡單說，就是他不被灰幻視爲男人啦……慢著，我剛是不是說出什麼不該說的？」

猛然意會到自己似乎因爲說太快，不小心連內心活動都說溜嘴，柯維安背一僵，登時不敢轉頭面對安萬里的方向。

「我都聽見了，維安。」安萬里笑得如三月春風，令柯維安的血色「唰」地洗白。

柯維安覺得自己頭頂上一定是冒出大大的三個字。

完蛋了！

「……標準的自作孽。」一刻連白眼也懶得賞了，只是對蔚可可叮囑道：「別學他，妳都夠粗神經了。」

「咦？喔……不對，我也有神經細的時候啊！」蔚可可忙不迭地抗議。

只不過抗議內容讓一刻更想摀臉嘆氣。

什麼神經細？是神經纖細啦！

「好了，學弟妹們。」安萬里溫聲示意眾人將注意力移至他身上。就算橫抱著范相思，那張已不見石片的俊雅面孔上，也未曾流露些許吃力。

「首先，我們要做的是回到小白家，好好休息放鬆，才有精力面對接下來的麻煩。至於其他妖怪，雖還不曉得是怎麼回事，但我會聯絡公會的人來處理。以上，還有誰有問題？」

有隻手在眾多目光中毅然舉起。

「學長，我有問題。」一刻乾巴巴地問，「你說的『我們』……是指你也要住我家嗎？」

「我是一路趕來的，畢竟范相思說你們在開趴，要我趕緊過來加入。我還特地帶了不少吃的喝的，但是剛一急，就丟路上了。」安萬里微微一笑，「雖然明顯我是被人誆來的，不過我相信小白你會願意收留我的。大夥住在一起，讓我想起大一新生的迎新宿營呢。」

——你都七百歲了，還新生個屁！

當然這麼沒禮貌的話，一刻是不會說出口的。他算了算自個兒家裡的房間，然後安慰自己起碼安萬里只有提借宿，沒有說起什麼影片鑑賞會之類的事。

但一刻剛安心數秒，就聽見安萬里慢悠悠地說：

「今晚大家都累了，不過等事情解決之後，小白、維安，我們一起好好地欣賞我的珍藏影片吧，我帶了不少來呢。對了，務必要記得——」

安萬里的眼眸像是雨後潤澤過的翠綠森林，溫柔又深邃。

「不要質疑學長的命令。」

一刻不想質疑，他只想兩眼一閉，昏厥了事，當作什麼也沒聽見。

第六章

就算對引路人和斗篷少女的去向很在意，也對安萬里何時會實行他的影片欣賞活動覺得提心吊膽，但經過一整個晚上的折騰，加上自身力量也被吸走不少……

懷抱著重重心事的狀態下，一刻沾上床不久，很快就被湧上的強烈睡意捕獲，跌入了沉沉的夢鄉裡。

當一刻再睜開眼睛時，窗外已經大亮。

雖說已進入秋季，但依然耀眼炙熱的陽光正拚命地彰顯自己的存在感，將金燦的光影一路拓展勢力到近門邊的地板上。

一刻就是被晒醒的。

光線刺得他難以再闔上眼，雖然不是沒想過棉被一拉再悶頭大睡，可悶不到幾分鐘，他就覺得自己要被蒸熟了。

偏偏因為剛起床，腦袋還沒那麼快完成開機，這名白髮男孩在床上呆坐了好幾分鐘，才猛然想到可以把窗簾放下。

等到大半日光都被隔絕在外，一刻才稍微感到清醒些。他晃晃還有些發暈的腦袋，打算

光著上半身到廁所刷牙洗臉，反正家裡也沒其他人，他穿條四角褲也不會有人看……

只不過一刻下床才走了幾步，冷不防就踢到一個橫躺在地板上的物體。

啥東西？他把床上的玩偶扔到地上了嗎？

這是一刻最初閃過的念頭，可是當他低頭定睛一看，剩餘的睡意登時一掃而空。

四仰八叉躺在地板上睡得正香的，除了柯維安，還會是誰？

起碼一刻並不認識第二個有娃娃臉和頭髮鬈翹得和鳥巢一般的男孩子。

等等，所以柯維安為什麼會在這裡？一刻心裡剛反射性冒出疑問，緊接而來的便是昨夜的記憶湧上。

「啊，操。」一刻將凌亂的白髮向後耙梳，呻吟一聲。

他想起昨晚發生什麼事了。

引路人、瘴、身分不明的斗篷少女，還有危急時趕到的安萬里。

這下子，一刻說什麼也不敢只穿著條四角褲就晃出房外。

別開玩笑了，屋子裡可是還有三個女孩子！特別是范相思，說不定還會趁機大拍照片，然後去做些他一點也不想知道的、該死的兜售行爲！

「唔嗯……范相思肯定會把你穿四角褲的樣子拍下來的，甜心……」

一個含糊的聲音自地板方向響起。

「我靠！」一刻大吃一驚，險些一腳錯踩上柯維安的臉，「你這小子，哪時候醒的？」

「就小白你發呆的時候……小白，從這角度看，你的身材眞的很不錯呢。」柯維安抱著涼被，對一刻比出了一個大拇指，「視野超讚！」

「幹！」一刻不客氣地踩上柯維安的肚子，當然沒有使上全力，但也足以讓對方的娃娃臉瞬間扭曲。

「好痛痛痛……甜心、哈尼、親愛的，腳下留情啊……」柯維安痛苦萬分地呻吟，「好歹看在昨晚我們同床共枕的……慢著，這麼說來，我不是應該在床上嗎？」

「白痴，用腳趾想也知道是你自己滾下去了。」一刻送出一枚白眼，抓過掛在椅子上的衣服重新套上，「醒了就趕緊起來，我先去刷牙洗臉。」

語畢，也不管柯維安還在抱頭哀叫「這麻煩的睡癖，我居然錯失和甜心同床共枕的機會！」，一刻逕自離開房間。

昨夜從外歸來後，光是爲了要怎麼安排眾人的床位，一刻就先傷腦筋了好一陣子。

他們家總共有四間房，一間是一刻的，一間是宮莉奈的，還有兩間客房，不過一間後來已經變成織女專用。

自家堂姊的房間，一刻則完全不列入考慮範圍。房門上甚至還掛了個警告標語，聲明除了自己、宮莉奈和江言一外，嚴禁任何人進入，否則安危自負。

一刻可不想見到疲倦至極的同伴們在進入宮莉奈的房間後，連最後一點血量都要因裡頭的「危險」而掉個精光。

但織女的房間，男性們，包括范相思都不想躺，理由是不想招來牛郎的怨恨。

客廳沙發則是被一刻直接剔除，那可不是能讓人好好休息的地方。

最後幫忙做出決策的，是范相思。

跛著一隻腳的短髮劍靈素手一揮，爽快地表示她和安萬里一起待客房，織女的房間讓蔚可可和秋冬語睡，柯維安就塞到一刻房裡去。

如此一來，就是皆大歡喜的結果。

待一刻刷完牙、洗完臉從廁所裡走出，發現走廊間猶然一片安靜，只是空氣裡多了一縷食物香氣。

一刻一愣。

這麼說，樓下是有人了？誰先起來了？

在房門口催促柯維安趕緊洗漱後，一刻立即大步下樓，循著香氣來到一樓客廳。

客廳裡果然早有人在。

「早上好，小白。」一襲格紋襯衫的俊秀男子將攤開的報紙往下移，露出那張帶著溫和笑意的臉孔。

如果不是格紋的顏色不一樣，一刻都要以爲那和昨夜見到的是同一件。

這麼說來……關於學長的衣櫃裡全都是一模一樣衣服的傳聞……難不成是眞的？

一刻忍不住想像了那畫面，覺得有點驚人；緊接著是另一道含糊的聲音拉回他的思緒。

「早恩（早安）。」范相思大剌剌地一個人佔據了整張長沙發，兩頰鼓著，像是在咀嚼嘴裡的食物，手上還拿著已經咬掉一半的三明治。

「早……」一刻下意識也道了聲早，視線掃過桌上豐盛的外帶早餐，最後再定格在范相思擱在沙發扶手上的右腳。

那隻腳纏著一圈圈潔白繃帶，遠看就像一顆白饅頭。

「你在看這個嗎？」范相思嚥下食物，察覺到一刻的注視，她不甚在意地抬高腳晃晃，「就昨天講的，力量用過頭，腳裂了些，乾脆把它綁起來囉。過陣子就會好，只是行動力得打點折扣，幸好安萬里來了。」

「聽起來很像是要趁機盡情地使喚我哪，范相思。」安萬里露出一抹傷腦筋的笑容，可眼底絲毫沒有拒絕之意，「小白，先坐下來吃早餐吧，我剛從外面買回來沒多久。」

「不用擔心，是記公會的帳喔。」范相思笑嘻嘻說道。

「啊，好。」一刻不自覺地照做，等他手裡也抓了個三明治，才霍然意識到客廳裡就只有他們三個人，「秋冬語和蔚可可還在睡？」

「沒錯，還在睡呢。兩名小姑娘的睡相眞可愛，我有拍下來喔。」范相思愉快地晃晃手機，「讓她們多休息一會兒吧，反正這個空檔我們可以先研究一下其他事……例如柯維安昨晚又滾到床下去了對不對？嘖嘖，我看今天你跟我換房間睡吧，柯維安。」

范相思的最後一句話，明顯是針對話裡的當事人說的。

一刻這才發現柯維安正巧從樓梯上走下來。

原本柯維安是邊下樓梯邊打呵欠的，一聽見范相思的換房宣言，頓時被自己口水嗆到。他狼狽地咳了好幾聲，好不容易才緩過來，馬上驚恐地大叫出聲：

「我才不要！爲毛是我得換？睡小白房間的地板也沒關係，誰都不能拆散我跟我心愛的！」

「鬼才是你心愛的，小聲一點。」一刻眼刀甩過去。

「而且我也有拒絕的權利呢。」安萬里和善地補了這句。

柯維安怎麼聽都覺得自己像被眾人嫌棄了，哀怨地垮下臉，一屁股擠到一刻坐的那張沙發扶手上。

「嚶，小白你無情、無義……」

「你他媽的才在無理取鬧。」一刻翻翻白眼，也沒驅趕柯維安，畢竟長沙發上的范相思就是一臉「和本姑娘坐一塊要收費唷」的表情。

靠夭啊，這到底是誰家的沙發？

「范相思，妳要討論的不會真是那種鳥事吧？」一刻快速地把手上的三明治三兩口解決掉，銳利的眼神盯住范相思。

「當然不是，哪那麼無聊？」范相思聳聳肩膀，換了個坐姿，順帶自沙發上摸出一台平板，「除了引路人和那名來歷不明的女孩子，你們覺得我們現在還有什麼須要研究的？大致情況我已經先向安萬里說過了，不用擔心他跟不上劇情。」

「再綜合小白你們昨夜提到的，還有那名女孩……我把事情整理成幾個重點。」安萬里接過范相思遞來的平板，打開一份文件檔，「這是我今早弄的，你們看看。」

一刻和柯維安對視一眼，隨後迅速湊近桌子，兩雙眼睛掃視文件裡的內容。

正如安萬里所說，他的確將整件事扼要地列出幾個重點，還不忘從自己的觀點再加上補充。

「哇喔，不愧是副會長……短時間就把事情整理得差不多，怪不得老大總愛叫你負責處理公文。」柯維安佩服地說道，「那有得出什麼結果嗎？」

「事實上，還真的有。」安萬里說，「先讓我們針對引路人這部分，『唯一』和另一名女孩的身分暫且放到一邊。如果不先引誘引路人出面，那麼其他部分都只是白搭。」

柯維安自然明白這意思。

斗篷少女自稱是引路人的創造者，倘若能使引路人再度現身，就有很高的機率也能再見到那名少女，進而才有辦法釐清他們和「唯一」之間的關係。

在一刻等人的安靜聆聽中，安萬里快速又條理分明地再說道：

「我們先不管引路人是用什麼拼湊出來的，重要的是，他現在是瘴的宿主。瘴會將宿主的欲望放大，引路人想要得知小語的種族，這份『知』的渴望讓他召來了瘴。但瘴同時也是狡猾的，它不可能冒失地再出現於小語面前，畢竟引路人在你們身上已經嘗過苦頭。」

「學長，這難不成是說……就算秋冬語當餌，引路人也不會再輕易上勾？」一刻緊皺著眉，感覺事態發展有如進入死胡同。

「因此，我們就要想辦法讓他上勾。」安萬里意味深長地望了眾人一眼，滑動平板螢幕，讓文件跳至下一頁。

「引路人體內有瘴，可是別忘了，他也有『唯一』的部分污染。凡是受到『唯一』污染者，會本能地爲她奉獻。既然『唯一』的封印還在，污染者就會設法破除，就像情絲所做的一樣。」

乍聞「情絲」兩字，一刻和柯維安不禁陷入沉默，他們不約而同想起那名冷酷又顛狂的青髮女子。

「引路人曾提過，我們所有人都將成爲『唯一』的部分，想必他也是打算累積更多力量，好衝擊開封印。」范相思抓著平空變出的摺扇，往掌心內敲了敲，「順便問一下，安萬里，下一個封印的位置在哪裡？你應該從傾絲、情絲身上的封印知道了吧？」

「這不是很明顯的答案嗎？范相思，妳覺得我爲什麼要趕來潭雅市？」安萬里用一貫溫和悅耳的語調，吐露出彷若驚雷的消息。

這下子，連范相思也愣住了，手上的摺扇掉至桌面上。

在驚愕築成的死寂當中，安萬里端起桌上的一杯茶，慢條斯理地喝下一口。

一刻幾乎想說服自己是因爲剛起床不久，才會產生錯覺。可是從柯維安和范相思的表情來看，他明白自己眞的沒聽錯。

一刻呆坐在沙發上，像是難以消化這顆重磅炸彈。

見鬼的……他怎麼可能簡簡單單就消化！

「唯一」的其中一個封印就在潭雅市……那個大妖怪的其中一個封印，或者說身體的一部分，就在潭雅市!?

「靠杯啊……」一刻兩手耙著頭髮，從喉頭深處擠出惱怒的呻吟，「這是怎樣？我們潭雅是什麼該死的風水寶地嗎？當年是怠墮，現在又冒出一個『唯一』的封印？別跟我說這裡沒瘴異出沒的原因，就是因爲有那個，操他的封印！」

一刻最後幾字說得咬牙切齒，震驚都轉成了一股莫名的火氣。

「等等、等等。」范相思卻是倏地一彈指，貓兒眼亮起了光芒，「你這說法有意思，宮一刻，我都還沒想到這點呢。」

「我只是隨便說說……靠，范相思妳是認眞的嗎？」一刻錯愕地瞪回去。

「可是這樣一來也說不通啊……」柯維安跟著回過神，毫不遲疑地加入討論。

震驚歸震驚，但不表示柯維安的思考會一併停下。他的大腦裡，此刻就像有無數齒輪正卡啦卡啦地瘋狂轉動。

「范相思，妳找出昨天給我們看的瘴異分布圖一下。」

范相思揚高了眉毛，但仍是點開柯維安想看的那張圖片。

「你們看。」柯維安分別指向散落紅點的兩個位置，表示那地區有瘴異出沒的記錄，「岩蘿鄉和寂言村都有瘴異，它們同時也是『唯一』封印的所在，所以范相思妳的猜測不能成立。」

「寂言村不算吧？封印可是在情絲、傾絲的身上。」范相思反駁，不過她自己很快地也嘆口氣，「好吧，這個猜測的確有點不靠譜……但我們倒是可以猜出引路人在這裡奪取那些妖怪妖力的原因了。」

「他們想衝擊『唯一』在潭雅市的封印。」一刻沉著臉，「學長，你知道封印的詳細位置了嗎？」

「不。」意外地，安萬里搖搖頭，「我能從上一個封印得知下一個封印的線索，可是終歸是線索，而不是明確的答案。潭雅市不小，我想之後我們得多花一點時間了。空暇時，就可以一起看個片，當作娛樂消遣之類的。」

一刻抹把臉，簡直想痛苦地呻吟出聲。早知道他不如不問了，居然讓安萬里有機可趁地把話題再轉到他最想逃避的那方面……

「小白甜心，要一個安慰的抱抱嗎？」

「滾！」

如果是滾到他家小白的懷裡，他當然超級樂意，不過……柯維安摸摸鼻子，再怎麼樂觀也有自知之明，他要是說出來，就等著滾到屋子外去吧。

「呃……」一個遲疑的音節驀地插入。

所有人反射性轉過頭，看見蔚可可和秋冬語就站在樓梯上。

出聲的是蔚可可，她望著客廳裡圍坐一團的人，撓撓臉頰，圓圓的眸子染著茫然，「那個，我們有錯過什麼嗎？」

「不，什麼都沒有。」安萬里站了起來，朝兩名晚起的女孩子微微一笑。

「妳們來得正好。可可、小語，我們談到引路人應該還是會想再收集妖力，提供給『唯

一』。雖然小語現在不適合當餌了，不過換個方向想，如果我們再推出一名強大的人形妖怪誘餌，也許引路人就會再次現身？」

「妖怪……眞的假的？副會長，你要自我犧牲嗎？」柯維安馬上想到在場就有貨眞價實的妖怪，忍不住亮了雙眼，帶頭熱烈鼓起掌，「太有情操、太偉大了！我們會懷念你的！」

「我還沒死呢，維安。」安萬里親切地提醒道。

柯維安的掌聲戛然而止。

安萬里又說：「可惜守鑰不是那種妖力張揚的妖怪，我們還挺內斂、挺害羞的。就算我年紀大，引路人可能還不想將我列入目標。」

「聽起來跟滯銷的老男人沒兩樣……」

「閉嘴。」

一刻乾脆俐落地給了柯維安一記肘擊，讓對方停止碎碎唸。

安萬里似乎不在意小輩間的竊竊私語，他推高眼鏡，「因此我們需要一名妖力強大、讓人輕易注意到的妖怪。擁有人形，和我們熟識也相當重要，但『唯一』的事還不適合在妖怪間傳開，所以公會幹部並不適合。」

妖力強、有人形，輕易讓人注意到……在柯維安他們聽來，這等於要他們去找一個存在感高的妖怪。

再加上得熟識，不能是公會幹部……

「那如果不是幹部，是公會的人，但和公會其實也不熟……這樣的類型呢？」柯維安驀地想到什麼，乾巴巴地問，換來安萬里一抹愉悅的笑意。

「柯維安，你在說誰？」一刻一臉納悶。

「小白啊……」柯維安的表情像要哭了，「你難道還沒想到副會長打算找誰嗎？」

一刻一愣，重新再把所有條件綜合起來。

高調、熟識，是公會的人，可和公會不熟，然後還是妖怪……他身邊有這種傢伙嗎？

一刻的懷疑只是片刻，緊接著他變了臉色。

操！還真的有！

「不要啊，狐狸眼的——」柯維安花容失色地捧著臉頰喊，連對安萬里的尊稱也拋到腦後，「不要找那位過來，我一點也不想和我的前室友A『聯絡感情』！」

「事實上，來不及了。」安萬里完全不介意那聲「狐狸眼」，他的心情看起來好得很。他拿出自己的手機，點出簡訊畫面，再擺至桌面上。

「今天一大早我就傳簡訊給他了，對方也很乾脆地傳來肯定的答覆。我得說，用小白你的名義果然很方便。」

「什麼叫我的名義……」一刻心中有種不祥的預感。

「就是我提到小白需要幫忙，非常非常需要。對了，我也說住宿問題不用擔心，小白家就很適合。所以你們得再多一位房客了，小白，多了九江學弟。」

幹！這是一刻唯一的想法。

而在簡訊欄裡，一個簡潔的「好」字就顯現在上頭。

發信人則是：曲九江。

□

「列車即將進站，第二月台的乘客請退到黃線之後。」

「重複一次，列車即將進站，第二月台的乘客請退到黃線後面，以免發生危險。」

隨著車站人員的廣播聲響起，一輛區間車也從鐵軌另一端出現。逐漸接近車站後又放緩速度，最終在第二月台左側慢慢停下。

「唰」地一聲，每節車廂的車門自動向兩側退開，裡頭的乘客陸續走了出來。

也許是平日、且還未到通勤巔峰時間之故，區間車裡的人不算太多，下車的人更是稀稀落落。

幾名揹著背包，有的還拉著小行李箱的年輕女孩一見人少，也不管還有人要下車，立即呼啦啦地往車門衝了過去，不時高聲催促同伴動作快點，才能搶到好坐位。

其中一馬當先的馬尾女孩全然沒留意前方狀況，頓時一頭撞上正要下車的一名乘客。

「哇啊！討厭，爲什麼要撞人嘛！」綁著短馬尾的女孩只覺鼻子傳來一陣疼痛，她按著鼻尖，不管三七二十一，直接就是氣呼呼地抱怨起來。

但當女孩抬眼正視被自己撞上的那人之後，剩下的指責登時全卡在舌尖上。她睜大眼，傻愣愣地瞪著上方那張俊美非凡的臉龐。

女孩的同伴們也差不多都是同個表情，她們忘了嘰嘰喳喳，個個眼睛瞪得大大的，有人還忍不住張嘴「哇」了一聲。

短馬尾女孩撞上的是名高個子青年。

褐色微鬈的髮絲綁成馬尾，隨意垂落在肩頭處；瞳孔偏淺的眼眸細狹，五官精緻；最讓人感受強烈的，尤屬環繞在身周的傲然氣勢。即使不發一語，那眼神都像是在睥睨著人。

女孩們一下子看得呆了，忘記自己還卡在車門處，堵得別人上下都不能通行。

鬈髮青年的耐心只維持數秒便告罄。

「滾開一點，妳們擋住路了，礙事得很。」低沉但刻薄意味十足的嗓音滑出。

換作平常，這幾名女孩或許會惱羞成怒地對嗆回去。可是青年的氣勢太懾人，就連眼神也像能凍住人的思考。

她們不自覺地依言退開，包括最先想搶著上車的短馬尾女孩，也呆然地退回月台上。

原先堵著的車門口登時恢復暢通。

鬈髮青年看也不看其他人一眼，逕自下車離去。

女孩們依舊無法回神一般，目光不由自主地一路追逐著那抹走向樓梯的修長身影。

直到一聲尖銳的哨聲猛然響起，提醒著車門即將關上，幾人才像大夢初醒，慌慌張張地邊嚷著等一下，邊狼狽地跑上車。

將那些高分貝的音響留在後頭，鬈髮青年照著指示牌來到地下道。

由於第二月台和車站大廳並沒有相連，因此不藉由地下通道是無法前往的。

但就在青年剛走下樓梯，對面的樓梯也正好衝下一抹人影。

那人的速度快得像小型旋風，如果不是及時驚察到青年的存在，恐怕會不留神地重重衝撞上去。

對方緊急煞住腳步，一手按住差點飛走的卡其色軍帽，帽沿下是一張大約十五、六歲的年少臉龐，一雙炯炯有神的大眼睛特別引人注目。

少年張張嘴，看口形是在說「抱歉」，可發出的卻是無聲的音節。

少年自己先是一怔，接著宛如想到什麼，迅速從敞開的外套裡摸出紙板，也不曉得他是怎麼塞在裡面的。

少年速度飛快地寫下「抱歉」兩個大字，顯然他沒辦法說話。

不過青年僅冷漠地瞥視一眼，就把少年晾在一旁，自顧自地踏上通往第一月台的樓梯。

從旁人眼光來看，大多會認爲鬈髮青年的反應實在太過冷淡，簡直不把人放在眼裡。

實際上，曲九江就是這樣的個性，唯有少數人才能入得了他的眼。

——在簡訊裡說需要幫助的一刻，就是其中之一。

曲九江是凌晨時候收到簡訊的，雖然發信人是安萬里，他仍是勉強壓抑著起床氣，耐著性子點開訊息，隨即就被一刻需要幫助的內容攫住了全部心思。

安萬里沒把事情經過說得太詳細，只大略提及曲九江到潭雅市後，不用特意藏住妖氣，至於原因，等他到達一刻家後就會明白。

適逢暑假，曲九江人待在老家裡。他原本有一絲猶豫，該不該讓楊百罌也知道這事，可在得知楊百罌有許多家主的工作要處理後，那點猶豫立時煙消霧散。

曲九江只給家裡留了一句「有事出門」，就隻身搭上火車，來到潭雅市。

因爲安萬里在簡訊裡提到了「不用特別藏住妖氣，要麻煩九江學弟用走的到小白家，這樣就能先幫上小白忙了。」，所以雖然曲九江認爲走路浪費時間，但他也只是咂下舌，頂著炎熱的陽光，踏出了人來人往的潭雅火車站。

第七章

對於安萬里這個人，曲九江並沒有抱持著多大的好感或尊敬。

就算對方是自己系上的學長，又是七百多歲的資深妖怪也一樣。

在曲九江看來，那名總是掛著和煦微笑的男子太令人捉摸不透，他本能地一點也不想靠近。

但一刻信任對方，他的神信任安萬里。

單憑這一點，就足以構成曲九江願意給安萬里肯定回覆的理由，並且即刻趕來潭雅市。

更何況，如果安萬里在，那麼有很大的可能性……另一名吵死人的前室友B也會出現。

光是想到那名白髮男孩居然先找了別人幫忙，才憶起自己這個神使的存在，曲九江面無表情地撇撇唇，心裡有點不爽。

他決定要好好幫上小白的忙，再不客氣地大肆嘲諷小白。

不懂得找自己神使的神，簡直就是蠢蛋。

不過在實行這些念頭之前，曲九江認爲有件事要先處理。他眼眸微斂，底下的眼珠從淺色刹那轉爲閃銀，唇角也凝出冷酷。

有人跟蹤他。

打從離開潭雅火車站不久，曲九江便發現自己後方一直有抹人影尾隨著。

起初，他認爲對方也許和自己同個方向。但近二十分鐘過去，無論自己往哪條巷弄轉進，那抹人影依然維持一定距離地落在後頭不遠處，簡直像甩不掉的橡皮糖。

曲九江心裡的懷疑瞬時愈發強烈。

對方是什麼人？爲什麼要跟蹤他？

不，應該說……潭雅市爲什麼會有「人」，想跟蹤自己？

或者，這跟安萬里提到的「不用特意收斂妖氣」有關？

諸多猜測在曲九江的腦海一轉而過，最末，那雙銀眸滑過冰冷的色彩。

曲九江扯出無聲的冷笑，也不特意加快步伐，仍舊維持原來速度，不快不慢地朝著既定目的地前行。

途中經過轉角的反光鏡時，曲九江不著痕跡地瞥視鏡中影像。霎時，他的眉梢挑起代表若有所思的弧度。

身爲心性高傲的半妖，曲九江向來沒有興趣在意毫無關係的陌生人，但不代表他會馬上忘記不久前差點在車站地下道撞上自己的那名少年。

一路跟著自己的，正是那名帽子少年。

少年似乎還沒注意到行蹤已被察覺，一副大剌剌的走路姿態，頸側的小馬尾跟著隨性地甩呀甩的，彷彿篤定前方人不會知道後邊有人跟蹤。

曲九江沒有感受到少年身上有妖氣，只是這樣也不足以肯定對方眞的就是普通人類。擅長隱藏妖氣的妖怪，依舊多得是。

曲九江默不作聲地又走了數分鐘，待到下一個路口，他猝然加快速度，一繞進轉角後，腳下瞬間施力，無聲無息地躍上一旁的建築物屋頂上。

過不了多久，少年也自轉角後跑出來。

面對前方一片空蕩，少年像是呆住般站在原地不動，接著再往前跑了幾步，極力東張西望。

就在這當下，曲九江已不動聲色地躍下屋頂，不發出丁點聲音地落足於少年正後方。

然後，髮絲轉瞬染爲火焰赤紅的半妖青年開口：

「你是什麼東西？不想被燒成灰的話，就老實交代出來。」

無預警冒出的傲慢男聲似乎令少年嚇了一跳，他肩膀一震，猛地轉過身子，第一眼見到的，就是恢復半妖特徵的曲九江。

醒目的紅髮、銀瞳，還有宛如生靈盤踞在左手臂上的緋紅烈焰……

那絕對不會是人類！

曲九江以爲少年會露出比先前還驚恐的表情，可能會嚇得拔腿就跑或是尖叫，他惡意揣測著。

卻沒想到就算目睹了這非現實的畫面，少年竟然只是做出了個「哇喔」的嘴型。他看起來甚至想吹個口哨，但驀然又憶起自己發不出聲音，只好訕訕地再闔上嘴巴。

這反常的反應，可不是正常人會有的。

曲九江眼一暗，火焰像感受到他的情緒變化，頓時燃燒得更熾烈，纏繞住整隻左手，形成宛若獸爪的可怖形狀。

少年依然鎮靜得不可思議，俊俏又帶著幾分野性的臉孔還浮出饒富興致的神色。他摘下卡其色軍帽，壓在底下的黑色髮絲立刻像獲得呼吸空間般竄跳出來。

凌亂的程度，倒是不輸給曲九江曾見過的柯維安剛睡醒的模樣。

少年隨性將帽子往口袋一塞，一雙眼角吊吊的大眼睛感興趣地打量著曲九江，隨後他咧咧嘴，露出兩顆增添孩子氣的小虎牙。

「不說話，我就當你想被火燒了。」曲九江對少年的笑容不爲所動，他攤開掌心，任憑多簇火焰彈跳起，眨眼凝塑成箭矢的形狀。

每支火焰之箭都瞄準了黑髮少年，似乎他再不出聲，就會毫不留情地展開密集攻擊。

少年眨眨眼，從外套裡再次掏出紙板。不過，這回他沒有動手在上頭寫字，他將紙板舉在胸前。

下一秒，奇異的事發生了。

紙板上自動浮現出一排文字。

嘖嘖，明知道咱一看就是說不了話，竟然還用這種方式威脅。你的個性是有多差啊？

然後文字隱沒，新的句子迅速跳出。

你是妖怪吧？要不是看你跟咱走同樣的路線，咱還沒興趣去注意一個大剌剌、不收斂妖氣的男人。你當你雄孔雀開屏在求偶嗎？

同樣的路線？曲九江瞇細眼，注意力不禁落在這幾個字上，忽視了後半段取笑意味濃厚的句子。

「你不是在跟蹤我？」曲九江冷冰冰地問道，緋紅之箭同時威嚇性地往少年方向逼近一寸。

只要對方回答得不對，箭矢便會果斷射出。

呸呸呸！咱幹嘛要跟蹤一個臭男人？

配合著紙板上的字，少年露出像是被侮辱的嫌惡表情。

你當你是漂亮的女孩子嗎？咱的幻肢對你可是半點都硬不起來啦！

少年不單用字粗魯，還對曲九江比出了一個大拇指朝下的無禮手勢。

你當你是漂亮的
咱的幻肢對

曲九江慢慢拉出一抹微笑，笑裡是森寒的殺意湧動。

「我覺得還是燒了了事，省得礙我的眼。反正你可不算人類，我也沒違反與小白的約定。」

低滑悅耳的嗓音尚未在路間散逸，懸浮在曲九江前方的緋紅箭矢霍然匯集成兩束巨大火焰，猶如張牙舞爪的火蛇飛速衝出。

但那方向，卻是和少年所在截然相反的後方！

泛著熾熱高溫的火蛇像在巷尾撲了一個空，畢竟那裡可是空無一人。

然而說時遲、那時快，空曠的路面上乍然一陣扭曲，如同平滑的水面被擠壓得變形，圈圈漣漪擴散開來。

就在火蛇即將張嘴撕咬向那處時，一截紫色迅速滑出，閃避過原本會朝自身噴吐出來的灼灼烈焰。

同一時間，少年手上的紙板已換上新的字。

不錯嘛，咱還以為你沒發現後面還有人呢！

「倘若你覺得我會沒發現，那麼，顯然你的智商和你短小得可憐的身高成正比，真令人同情。」曲九江的語氣與其說是憐憫，不如說是惡意十足。

少年瞠大了眼，心思立即反映在紙板上。

你這嘴巴可不輸給咱認識的那隻鳥了！看在你和咱走同樣路線，以及讓咱忽然想到熟人的份上，咱就好心提醒你，小心——後面！

粗大的驚嘆號如同少年無聲的高喊。

毋須少年特意提醒，曲九江第一時間便有所警覺。他倏地旋身，手臂上的赤焰在瞬息間也一併脫離，竄出化作無數巴掌大的火球，鋪天蓋地地朝著那抹紫色人影砸下。

可人影竟一晃眼就消失了；再出現時，赫然已在火球的攻擊範圍外。

眼見所有火球就要將路面毀去泰半，並且波及兩側的建築物，一條身影頓時快若疾雷地從曲九江身後閃了出來。

黑髮少年手持一柄造型特異的金屬法杖，不由分說就是往地面猛力一擊。

強烈的氣流從法杖底端向外噴發，旋即氣流染上了薄金色，將這區完全罩入底下。

霎時，周圍景物皆產生一瞬間疊影，緊接著又消隱，彷彿只是一場錯覺。

但曲九江很肯定自己沒看錯，眼底滑過驚詫。

他見過這場景已經太多次，那就像神使的專屬結界。

那個矮子……難不成也是神使嗎？

擁有類似心思的不止曲九江，粗厲刺耳的嗓聲驀地在空間裡揚起。

「神力的味道……啊啊，惹人厭的神力的味道……」

「還有足夠的妖力氣味。」

緊接在後的，是另一道截然不同的空洞說話聲。

然而這兩道迥異的聲音，卻出自同一個方向。

一簇妖異的暗紫光點平空出現，再來是第二簇、第三簇……當眾多光點驟然化成一隻隻紫蝶，紫蝶所環繞的中央位置，也冉冉地勾勒出一抹細瘦的身影。

先是一隻蒼白的手，執握著一盞長柄燈籠。

在紫蝶飛舞下，在燈火搖曳中，那處的日光恍如被一片突生的陰影吞沒些許，看起來格外黯淡。

晦暗中，提燈少年被紫紅色衣飾包裹住，左足拖曳著令人想到血漬的鮮紅色長布。

可最引人注目的，莫過於那名紫髮少年臉上，覆蓋著半截素白的光滑面具。

沒有任何可供視物的孔洞，唯有一個大大的「引」字突兀地攀爬在上頭。

乍看那抹紫影的面貌，黑髮少年的瞳孔微縮。他咂下舌，腳下幾個跳躍，當下與對方拉開距離，正好落足在曲九江能瞥見他手上紙板的角度。

那面具……是引路人？

新的字跡眨眼間成形。

「引路人」三字，讓曲九江多留意了一眼。

但他們當初告訴咱的明明是個女的呢！怎麼這個卻是帶把的？

「你知道那東西是什麼？」曲九江這話是對著黑髮少年說的。他的指尖重新燃出火焰，然後像是張揚的植物枝蔓，一路攀爬至臂膀，最末綻成絢爛危險的焰之花。

嗯，是很像咱知道的那個，不過看起來是突變種的。而且咱覺得，那種說話方式可讓咱有超——不好的預感哪！

當最後一字躍於紙板上，有如要證實少年的猜測，引路人像是模仿人一般地彎出一抹不帶情感的弧度。

他提高燈籠，從張啓的嘴唇內分別吐出空洞與粗嘎並存的聲音。

「妖力的味道。」

「神力的味道……」

「你們都已足夠。」

粗嘎的聲音忽地隱沒，只餘少年嗓音的空茫。

「現在，回答我、應允我，我將帶你們前往該去之處。」

「然後。」

「然後。」

引路人摘下面具，猩紅的眼瞳就像不祥的鮮血。

「你們終將——成爲我等『唯一』的部分！」

空洞的嗓音和刺耳的嗓音猝然疊合在一塊。

引路人身周的紫蝶剎那間轉爲妖異焰火，朝曲九江和少年呼嘯衝來。

「和我比火焰嗎？」曲九江扯開傲慢的笑容，銀眸底是純粹的冷酷。他的身形像是離弦之箭，在紫焰迫來前，猛地先主動欺近。

曲九江屈起的五指在火焰包繞下猶如獸爪，隨著凌厲揮抓，紫焰登時被撕裂，接著遭到緋紅的奪目烈焰一舉吞噬。

另一端，黑髮少年的動作也不慢，他反手將紙板當成飛鏢射出。

紙板頓時像鋒利的金屬片，割開了來勢洶洶的紫焰。

搶在紫焰再次聚合的前一瞬，黑髮少年拔地蹬起，迅雷不及掩耳地穿過紫焰間隙，一晃眼便逼至引路人正前方。

少年咧開野蠻的笑，雙眼炯炯有神，就像熠亮的火炬。抓在他手中的法杖不知何時變成了一桿長槍，繫著紅纓的銀亮槍頭眼看就要直取引路人的咽喉處。

說時遲、那時快，引路人指間的長柄燈籠墜地，又是一片暗紫火焰飛揚，灼人的熱度逼得少年只能先退。

少年做出個「呿」的口形，緊急煞住往前衝刺的身勢，避開隨之席捲過來的紫色火海。

「回答、應允。」空洞的聲音說。

「快回答！快應允！」粗厲的聲音大叫，更像是在高笑。

與此同時，引路人腳下的地面頓生突起，彷彿有什麼從底下掙脫開來。

劈里啪啦！

柏油馬路迸開一條條裂縫，縫裡鑽冒出粗大如手臂的長條樹根。

那些樹根表皮就像血液凝固後的深闇，如同活物般蠕動，隨即急追在黑髮少年身後。

聽見後方有不尋常的響動，少年扭過頭，映滿眼內的赫然是樹根與紫焰的夾襲。

少年看起來想咒罵一聲，他竄跳得飛快，但樹根與紫焰的速度也不慢，兩者一下就將少年逼到無路可退。

眼見前方就是聳立的建築物，少年心思瞬轉，下一秒，眼角補捉到一處景象。他咧咧嘴，不加思索地身子一扭，借力踏上牆面。

少年直接將牆面當成一條新的路徑奔跑，而急追的樹根則煞不住勢頭，轉向也來不及，登時連帶著凶猛的紫焰一同重重撞上建築物外牆。

水泥堆砌的牆壁立刻被撞出凹洞，四碎的水泥塊嘩啦地崩垮下去，不偏不倚就堆埋在部分樹根上方。

不待引路人操縱樹根擺脫壓制，耀眼的緋紅已風馳電掣地來到。

「別逗人笑了，誰說要應允你這種垃圾？」高傲的男聲說。

緋紅的烈火同時轟然落下，一口氣就覆在所有樹根上方。

引路人猛地回頭。

原來就在他不察之際，曲九江的火焰已搶先一步瞄準，只等最佳時機到來。

「我不管你是什麼，既然是瘴，就不須留著了。」曲九江的聲音又低又緩，纏繞在手臂的火焰瞬間改變形狀，在曲九江手指抓握中，拉長成弓箭般的外形。

曲九江瞇細銀星般的眸，毫不猶豫地放開火焰凝成的弦線，緋紅之箭氣勢驚人地飛射出去。

看見此景的黑髮少年臉色驟變，那箭一旦貫穿引路人，寄宿在他身上的瘴不死也肯定瀕死，但引路人也會是同樣下場。

開什麼玩笑！黑髮少年不禁想跳腳，他可是什麼都還沒從引路人那問到啊！

抱持著絕對不能一點收穫也沒有的念頭，少年想也不想地一個箭步掠出，手上長槍鎖定緋紅箭矢的位置，猛力扔擲出去，打算用簡單粗暴的方式攔截對方的攻擊。

然而火焰只被削掉些許，尚保留箭形的緋紅速度不減地直衝引路人心口。

然後，貫穿進去。

曲九江的表情卻是變了，錯愕閃過那雙冷厲的銀瞳。

因爲他的火焰在觸及引路人身軀的剎那，那抹被紫紅衣飾裹住的身影竟潰散爲無數大大小小的紫蝶。

泛著妖惑光芒的紫蝶就像旋風般捲起，高速衝往空中。

這下子，無論是少年或曲九江都看得明白，對方想逃離這個地方了。

「作夢！」曲九江獰笑。

他向來是有仇必報的性子，別人犯他一尺，他必定還以一丈。他捏緊手指，滅去這空間裡肆虐的所有火焰，取而代之的，是另一股和妖氣迥然不同的氣息釋放而出。

當白色花紋烙於下頷至頰邊的皮膚上，曲九江無視呆然瞪向自己的黑髮少年，二話不說地就追著紫蝶掠出。

被遺留下來的少年呆立原地，彷彿不敢相信從妖怪身上，竟然傳出神使的氣味和力量。

妖怪怎麼可能也是神使？

黑髮少年的頭頂只差沒冒出具體的問號，但他畢竟也是見過大風大浪的人物，呆愣一瞬間後，即刻將疑問先扔到一邊。

少年飛速跳起，一塊疾追在紫蝶後方。

無數紫蝶在高空中呼嘯飛旋，時而聚成人形，時而散逸，隨後再聚。

曲九江和少年藉建築物的屋頂作步道，縱跳奔走。

高處可以盡可能地隱藏他們的行蹤，不讓自身暴露於尋常民眾的視線內。

街道上絡繹不絕的行人壓根想不到在他們頭頂上，赫然展開著一場超乎現實的追逐戰。

不多久，這場追逐接近到市區裡的一所高中。

令人大感意外，明明是中午，卻有許多穿著制服或體育服的學生，正從校園內各處朝校門口擁近。他們像是藍白色或紅黑色的魚群，聚在校門，再悠遊地分往校外不同方向移動。

各種笑聲、喊聲、說話聲交織在一起，彷如一種顫鳴聲響，朝遠方嗡嗡擴散。

假使曲九江他們再靠得近一點，就會從那些話語中得知，原來這所高中的學生只要申請外出證，就能在中午時至校外用餐。

但他們沒辦法靠得太近，也無暇分心聆聽那些紛紛擾擾的對話，所有心思全緊緊鎖定在紫蝶身上。

紫蝶們就像是尋到了目標，立即往下方的學校全速俯衝。

曲九江眼神狠厲，掌間驟生一把烙著白紋的長刀。

瞬息間，長刀就像一束白色電光破空追出。

似乎是感受到身後越漸縮短距離的危險，紫蝶猛地一個急墜，再繞出一個刁鑽的弧度，隨後緊貼著栽立在校外的林木，迅雷不及掩耳地往下滑衝，沿著紅磚道，像條敏捷的紫色大魚，一溜煙鑽進學生們腳下的間隙。

「什麼？」

「哇！」

「好像有東西……」

「呀！什麼東西？」

擦過腳邊的奇異觸感，讓校門處一部分學生起了騷動，有人驚呼連連，有人東張西望。

很快地，就連門口維持秩序的糾察隊也趕上前詢問。

亂成一團的學生們擋住了曲九江的視線。

神使的武器不單能傷到妖怪，也能傷到普通人類。

清楚自己弄丟了敵人的行蹤後，曲九江陰沉著臉，咂下舌，果斷地手一揮，即將飛近校門的長刀頓地破碎為熾白光點。

在強盛的午後陽光下，光點靜靜消融，絲毫未被學生察覺到。

唯有一隻屬於少年的手掌，冷不防抓住其中一個未消的光點。

僅慢了曲九江數步的黑髮少年落足在他身旁。

少年像是對待蒲公英般將掌心上的光點又吹出，看著它慢悠悠地飛向日光裡。

就在光點默默融於空氣的剎那間，少年猝然將銀亮的長槍往校門後的建築物擲射，掛於外牆上的壁鐘隨即應聲而碎。

突來的音響又加劇了人群的騷動。

學生們循著聲音的方向轉過頭，然後又是新一輪混亂產生。

在普通人眼中，只看見大鐘鐘面爬滿數條深長的裂縫，中央破了一個洞，像被無形的尖銳物體扎穿。

可是同樣的景象由曲九江來看，卻能見到長槍實際上還釘在大鐘上，並且四散一層淡淡的金光，像個大型遮罩般將整座學校都納於底下。

學校的名字是利英高中。

「嘖嘖，咱就覺得那制服眼熟，這不就是宮一刻以前唸的高中嗎？那瘴還眞是會找地方躲。但躲進去了，就暫時別想給咱跑出來。」

清亮的少年聲音霍地響起，這回是具體地從黑髮少年口中發出。

曲九江馬上轉頭，卻不是爲了少年第一次眞正出聲，而是對方說出了一個名字。

宮一刻。

但不等曲九江冷冰冰質問，黑髮少年先行一步盯住那雙銀星似的眼眸。

少年揚著頭，凌亂的髮絲間驀地生出金色微光。下一瞬，一對泛著金耀光澤的彎角赫然成形，豎立在頭頂兩側的位置。

而少年的臀部後，還有一條細細的尾巴在那甩呀晃的。

少年吊高透著野性的炯亮大眼，露出小虎牙地咧嘴一笑。

「不過呢，咱還是得先問你。你和宮一刻是什麼關係？咱超級想知道，爲什麼你身上會有他的力量哪！」

一刻正試著打電話給曲九江。

只不過不知道對方在忙什麼，手機遲遲未被接起，只不停重複單調的鈴聲，最後轉進語音信箱。

一刻直接否定了那名半妖青年沒帶手機的可能性，對方可不是什麼丟三落四的個性，說是蔚可可那天兵丫頭還比較有可能。

簡直像心有靈犀一樣，坐在沙發上啃著蘋果的鬈髮女孩忽地抬起頭，和一刻對上視線。

「啊！宮一刻，你是在想什麼超級沒禮貌的事對不對？不用說了，我都看穿了！人家明明就是無敵聰明美少……咳呃！咳咳咳……」

邊吃東西還要邊大聲說話的情況下，蔚可可嗆到了。她漲紅著臉蛋，摀著嘴連咳了好一番，又慌張接過從旁遞來的一杯水，咕嚕嚕地灌下後，才像是舒坦地「噗哈」吐出一口氣。

蔚可可繼續用那雙圓滾滾的大眼睛，無聲地指責一刻。

一刻只想翻白眼，他也不客氣地做了。

放棄再打給曲九江，一刻將手機往客廳長桌一放，再把開封的一包衛生紙扔向蔚可可。

「擦擦嘴巴，髒死了。哪家的美少女會這樣粗魯吃東西？」一刻沒好氣地說。

「吼，宮一刻，你唸人的方式和我老哥越來越像了！而且吃東西的時候，太顧形象就不能好好享受食物了耶。」蔚可可鼓著腮幫子。

這模樣，頓時讓一刻聯想起兩頰塞滿食物的小倉鼠……幹，有點可愛。

方才替蔚可可遞出茶水的那隻潔白手臂又伸出，這次是拿著一瓣削好的蘋果。

「食物，還有……可可吃？」秋冬語認真地詢問。她的另一隻手攬抱著從廚房翻出的大鍋子，鍋裡是滿滿的、滿滿的……堆成小山的蘋果。

「我靠！」

「哇喔！」

一刻和蔚可可同時發出了驚嚷。只不過前者是再次震撼於秋冬語驚人的食量，後者驚的卻完全是不同角度的另一件事。

「是兔子蘋果耶！」蔚可可興奮地看著還保留一片紅皮，配合果皮削成兩隻尖耳朵形狀的蘋果，眼睛閃閃發亮，「小語，妳什麼時候削的？好厲害！我以前就想試了，但老哥一直嚴禁我動手。」

「那是妳哥怕妳把手也切沒了，妳想當九指美少女嗎？」一刻嚴厲地說。

他曾見識過蔚可可的技術，削皮沒問題，但拿菜刀切的時候簡直險象環生，看得旁人只覺心驚膽跳。

那一次還是一刻忍無可忍地把刀子奪過來，由他負責切。

「嗚呃……」被戳中弱點的蔚可可當場語塞，這點自知之明她還是有的。

「否定……蘋果，不是我。」這時抱著鍋子的秋冬語輕飄飄地開口，「是副會長。」

「學長削的？眞的假的？」一刻大吃一驚，沒想到安萬里居然還有這項切兔子蘋果的技能。

而也是直到此時，一刻才注意到，客廳裡只剩他和另外兩名女孩子，沒看見安萬里與柯維安的身影。

至於范相思，一刻是知道的。

那名短髮劍靈吃完飯，又回到房裡窩著養傷。

「學長和柯維安人呢？」

「甜心，人家在這裡！」

一刻的問句方落下，一顆腦袋立即迅速冒出。

柯維安捧著另一盤蘋果，喜孜孜地從廚房一路跑來，「副會長還在廚房裡，我猜沒有研究出怎麼雕出蒼井索娜，他是不會離開的。」

「靠夭……」這是有多執著啊？一刻聽了不禁啞然。當他的目光落至柯維安手上的盤子，眉頭馬上緊緊擰起，「那是啥玩意？」

「咦？蘋果啊。我削的喔，甜心。」

「……技術好爛。」他還以為是削完皮的馬鈴薯，形狀不規則到堪稱藝術了。

「別這樣說啦，小白。這是我懷抱愛心，特地為你削的。來，啊——」

「幹！我才不要！你的愛心為毛聽起來和『毒藥』兩字沒兩樣？」一刻黑了臉，迅速躲開。

柯維安也不是會輕易放棄的男人，他立刻不屈不撓地再追上。

「小白！甜心！親愛的！吃一個啦！」

「愛你妹啊！」

「不行，就算是小白，我也不會把小芍音讓給你的！說什麼都應該是我左擁右抱，手捧兩朵花才對！」

「花你老木！」

自動將一刻的怒吼聲當作背景音樂，蔚可可毫不在意地大快朵頤她的蘋果，直到她耳尖地聽到電鈴聲。

「宮一刻，有人按門鈴耶！」蔚可可一口嚥下食物，忙不迭地大喊，「會不會是你的那位神使啊？」

「啥？」

「哎？」

客廳另一角，爲了蘋果僵持不下的兩人一塊扭頭。

接著，所有人都聽見了清晰的門鈴聲。

門外有人來訪。

「你們還在忙的話，我去幫忙開門囉。」蔚可可望著僵持成古怪姿勢的兩名男孩子，自告奮勇地站起來，接著就像陣風般跑出客廳。

「秋冬語，妳也去！」一刻急忙叫道，沒忘記自己的神使脾氣差勁，誰知道蔚可可那個天兵會不會無端踩到曲九江的地雷，「柯維安，他媽的放開你的手，別抱老子大腿！」

「我不放！小白，不抱好的話，我怕待會曲九江會想先燒我！」柯維安堅定無比地搖頭，早將原本的目的扔到旁邊去了。

開門的蔚可可哪知道一刻在擔心什麼，見秋冬語跟來也沒多想，只當成對方想早點見到系上同學。

她快速踏下玄關，伸手將大門一把拉開，秋天的陽光即使在午後也一樣刺眼強烈。扎人的光線讓蔚可可下意識抬手遮眼。她隱約見到了一抹人影，但那人影卻比自己曾見過的還要矮小許多。

奇怪，曲九江的身高是縮水了嗎？

正當蔚可可滿心納悶，胸前冷不防傳來異樣的感覺。

……咦？蔚可可低下頭，映入眼中的是一雙有些秀氣的手，而且十根手指頭不偏不倚地放在她的胸部上。

饒是蔚可可曾見過許多不可思議的事物，在這瞬間，腦袋也空白了。

「可可？」站在後方的秋冬語沒看到發生什麼事。

蔚可可沒有回答，她傻愣愣地抬起頭，對上一雙眼角微吊、炯炯有神的大眼睛。

一名頭髮翹得亂七八糟、還綁著一小撮馬尾的少年正笑嘻嘻地盯著她。

然後，雙手一抓。

第八章

「呀啊——」

驚慌失措的尖叫瞬間劃破整棟屋子。

蔚可可反射性抱胸蹲下，俏臉漲成了和番茄一樣的鮮艷紅色，羞憤和驚惶同時盤踞在眉眼間。

「蔚可可！」

「小可！」

「可可！」

才片刻，數條人影馬上衝了出來。

一刻跑在最前頭，第一眼瞧見的就是鬈髮女孩縮抱著身體，像受到驚嚇般蹲在地上。聽見他的腳步聲時，她淚汪汪地轉過頭，臉色通紅，既像是驚又像是羞。

秋冬語則是進入備戰狀態，背脊線條拉得筆直，蕾絲洋傘像出鞘的西洋劍，傘尖直指身前人的喉嚨。

「怎麼回事？」一刻快步地至蔚可可身邊，凌厲的眼神沒有離開顯然就是讓蔚可可尖叫

出聲的人影上。

那是個約莫十五、六歲的少年，個子還沒完全長開，手腳還顯得細瘦。

此時少年高舉雙手，擺出投降狀。

可是當少年瞄見一刻，那雙吊吊的大眼睛立時一亮，愉快地高喊出一個名字：

「宮一刻！」

這下子，趕來走廊上的人都露出了詫異的表情，齊刷刷地轉望向也流露出錯愕的白髮男孩。

「哎？」就連蔚可可也忘記自己被偷襲的事，吃驚地直問道：「宮一刻，你認識？是你的朋友？」

「屁啦，誰認識。」一刻木能地反駁，可接著又覺得少年的幾項特徵，莫名地令人感到眼熟。

那頭凌亂程度不輸柯維安的頭髮，那撮小馬尾，還有那雙野性十足的吊吊大眼睛……簡直越看越似曾相識……

「小白，真不是你朋友？」柯維安湊上前，竊竊私語地問。

「就說不是……」一刻的語氣開始有一絲不確定了。

「嗯，不管對方是不是你朋友，小白。」安萬里比其他人多留意到不速之客的後方，還站著一條高個人影，「他後面的那位，就絕對是你朋友了。你好啊，九江學弟。」

乍聽到這個人名，眾人反射性再轉動視線。

「曲……」

「曲九江！」

一刻還沒完整喊出自己神使的名字，柯維安就像老鼠看到貓般先驚叫一聲。

「吵死了，室友B。」由於玄關前被堵著，被迫在門外晒太陽的曲九江，就連一貫低沉的嗓音都沾著火氣，「小白，你們家的走道有夠小。」

「幹，你家大了不起啊！」一刻火大地衝著曲九江比出一記中指，可也沒真的打算讓遠道而來的客人繼續枯站在屋外，「秋冬語，妳後退一點……那個小鬼，跟著前進，別輕舉妄動。蔚可可，他對妳做了什麼？」

蔚可可本已恢復普通顏色的臉蛋，倏地又刷上紅雲。

「他……」即使蔚可可再怎麼粗枝大葉，說起這事也是結結巴巴，「他摸我……呃，抓我……胸部……」

雖說最後兩字被蔚可可說得含混不清，但在場沒有一個是普通人類，自然都敏銳地捕捉到整句話的內容。

頓時所有人的神色都變得嚴厲，包括安萬里也斂起溫和的笑意，眉頭不贊同地蹙起。

個性本來就比較衝的一刻，更是當場鐵青了臉。

蔚可可是朋友的妹妹，他也將對方當妹妹看待，怎麼能忍受她被一個來歷不明的臭小鬼毛手毛腳！

「秋冬語，妳讓開。」一刻陰惻惻地說，森寒的眼神像是要在少年臉上戳出洞，「死小鬼，牙關給老子咬緊一點了。」

「欸欸欸？慢著！」發現一刻竟然握緊拳頭，手背青筋賁起，似乎下一秒就會使盡全力給自己來上一拳，少年連忙高聲嚷道：

「宮一刻，你要做什麼？那明明只是一個熱情的招呼啊！咱那麼久沒見到蔚姑娘，當然是先摸個幾下再說……不對，咱和她的感情有變好，所以叫可可才對！」

「摸你的——」一刻的理智幾乎因那番理直氣壯的辯駁斷線，如果不是他從裡頭發現了關鍵字詞。

本來欲衝出的破口大罵硬生生收住，一刻閉上嘴，臉上的表情可以用「張口結舌」來形容。

蹲在地上的蔚可可也慢慢轉過頭，她嘴巴開開的，視線緊黏在少年身上。

對方喊了蔚可可/自己的名字……對方的自稱詞是「咱」……

「小白、可可。」柯維安在這份突來的安靜中嗅到不尋常氣氛，他試探性地問，「有什麼……不對嗎？」

「該不會……」安萬里若有所思地摸著下巴，「眞的是小白他們認識的人？」

狐狸眼，你在說笑嗎？他家甜心怎麼可能認識這種小色狼？柯維安本來想哈哈一笑地這麼說，可緊接而來的兩聲大叫，嚇得他把話都嚥了回去。

「畢宿⁉」

「我操操操！妳該不會是畢宿吧！」

蔚可可和一刻滿臉震驚，彷彿難以置信地瞪著前方的黑髮少年。

「沒錯，咱就是貨眞價實、如假包換的畢宿！」眞正姓名是「畢宿」的少年咧嘴一笑，露出小虎牙，隨後一彈指，隱藏起來的金色雙角重新出現於頭頂上。

一見到那雙動物似的犄角，安萬里恍然地輕「啊」了一聲。

「副會長，你『啊』是什麼意思？我完全不懂啊，拜託解答一下，我就在旁邊等，急！」柯維安壓低聲音，心急地催促著似乎看穿一切的安萬里。

「嗯，那位的確是小白他們的朋友。維安，看到那雙角，你還沒想到什麼嗎？」

「我只想到小白居然背著我有新歡。」

「不，論資歷算的話，那是舊愛。」

「咦⁉」

一刻自然也聽見後方的討論，就算放低音量，但這種距離下想不聽見也難。

柯維安的胡說八道讓一刻黑了臉，要不是有更重要的事要釐清，他早就抓住柯維安的領子，大罵出：「老子才不想要你這種新歡和畢宿那種舊愛！」

「等等，妳說妳是畢宿……但為什麼妳變大隻了？妳當初不是又短又小？」一刻上上下下打量外表是十五、六歲的畢宿，對方如今的身影和昔日相比，簡直就像放大版。

「沒禮貌！誰又短又小？你全家才又短又小！」畢宿吊高雙眼，氣勢洶洶地扠腰罵道：「尤其是牛郎大人，心眼才眞正叫短小，跟渣渣差不多。咱會變成這樣，還不都是拜他所賜！」

「……啊？所以妳又做了什麼？」

「宮一刻，你這說法太不公道了！」

「不，肯定是妳『又』做了什麼，踩到牛郎的地雷。」一刻特意在「又」上加重語氣。

畢宿摸摸鼻子，再聳聳肩膀，「也沒啥大不了的，咱就是又偷看了織女大人洗澡。就算是小孩版的，那也是小美少女，不看多可惜……沒錯，怎麼能叫咱不看呢？」

說到最後，畢宿反倒理所當然地挺起胸。

對此，一刻只想說自作孽。只是他仍無法想透，將原本是小孩模樣的畢宿變大，到底算哪門子的懲罰？

一刻還在狐疑，畢宿就先說出來了。

「嘛，牛郎大人還封了咱的聲音，除非是碰到宮一刻你的力量，咱才能再說話，然後咱就先遇上你家神使了。他大概是認爲長大的咱加上沒法說話，就不能再大剌剌地進去女子更衣室了。哼哼，太天眞，咱現在這個英俊帥氣的無敵模樣，剛好最適合把妹的啦！」

說到一半，畢宿興沖沖地朝蔚可可張開雙臂，眼睛閃閃發光。

「可可來，快跟咱抱一個！咱發誓不會再亂摸妳了，不信的話，宮一刻是小狗！」

「我操！干我屁事！」無端中槍的一刻大怒。

柯維安以爲蔚可可不會上前去，畢竟對方也鮮少會給一刻一個擁抱，更遑論畢宿的發言全然就是一個小色狼。

但沒想到蔚可可還眞的跳起來，笑逐顏開地撲向畢宿。

「天啊，眞的好久不見！畢宿，妳這次怎麼下來了？」蔚可可主動抱了畢宿一下，眉眼是掩不住的欣喜，「小染他們知道一定也會很高興的，如果畢宿妳不亂摸的話啦。畢宿，這位是小語，秋冬語，是我的麻吉！」

「你好……」秋冬語收起傘，低頭向畢宿打了聲招呼，「初次見面……所以，剛剛是誤會？」

「啊，是誤會，我沒想到是畢宿。」蔚可可撓著臉頰，對自己引發那麼大的騷動有些難爲情，「雖然知道是畢宿也會嚇一跳，但應該就不會尖叫得那麼大聲了……啊，畢宿，下次不能再這樣亂摸我啦！」

柯維安越聽越困惑，即使是認識的男性朋友，那舉動也稱得上是性騷擾了。難道說……

一個大膽的猜測忽然在柯維安心裡冒出，他小小聲問著一刻：「小白，那位該不會……是小可的眞命天子之類的？」

「啊？哪有可能啊，你怎麼得到這種結論的？」一刻抖落一身的雞皮疙瘩，然後話鋒一轉，催促起走廊上的眾人，「行了，進客廳再說。畢宿，妳敢再動手動腳，不管是對蔚可可或秋冬語都……馬的，畢宿！」

一刻一回頭，就撞見讓他青筋瞬冒的一幕。

頭生金角的細瘦人影壓根就把一刻的話當耳邊風，那雙不安分的手赫然出其不意地朝前方的秋冬語探出，眼看就要從後背襲上前胸。

畢宿的嘴角都掛上得逞的笑容了，只不過就連她也沒有想到，身爲目標的秋冬語，反應會比她想像得還要迅速。

一轉眼，蕾絲洋傘傘柄飛快往後一頂，抵住畢宿身體的瞬間後又抽離，取而代之的是勾扯住她的一隻手臂，接著再一氣呵成地一扭、一拉、一拽，連串動作快得讓人幾乎看不清。

等到走廊裡響起一聲沉悶的音響，畢宿已被人放倒在地上。

秋冬語面色平靜，眼眸似沉水般俯望試圖對她性騷擾的畢宿，蕾絲洋傘的傘尖就懸停在對方的鼻尖上方。

「偷襲，不好……」秋冬語說。

「眞……」畢宿努力揮開眼前轉個不停的金星，眸子放出亮光。忽略了後腦的疼痛，突然反手抓住那柄洋傘，「眞棒啊！美女，妳的速度眞不是蓋的，咱超級欣賞妳！看在咱摔得那麼重的份上，能不能讓咱摸一下？拜託！」

「當然不行！」異口同聲喊出的是蔚可可和柯維安。

趁蔚可可將秋冬語拉往身畔，柯維安跳出來擋在兩位女孩子身前，雙臂交叉，用力比出一個「X」。

「就算你是小可和小白的朋友，我也不會縱容你的行爲！畢宿小弟，身爲一個男子漢，嚴禁對女孩子毛手毛腳，當然我家小白也不能摸，不過其他男人就隨便你吧！」

「那個，小安你……」

「我知道妳要誇我說得太有道理，小可。事實上，我也這麼覺得呢！」

「柯維安……」

「不用說了，小白，我只是在糾正畢宿小弟的錯誤，這樣世界上才會多一個像我一樣的紳士！」

一刻翻了大大的白眼，忽然不想再說話了。哪來的紳士？分明是個變態吧！

被人連珠砲轟炸的畢宿則是瞪大眼，像是呆住。

柯維安頓生成就感，覺得自己又指引了一隻迷途羔羊。就在他善意地打算把畢宿拉起來的時候，手掌猛地被畢宿反握住。

「小弟、小弟的……」畢宿清秀的臉蛋似乎浮現一絲猙獰。下一瞬間，猝然將柯維安往下一拉，前額凶猛地往柯維安額頭一撞。

「砰」地一聲，柯維安摀額跌坐在地。

畢宿就像雙腳裝了彈簧般蹦跳起來，食指霍然指向柯維安，那猛烈的力道猶如揮舞著一把剪刀。

「誰是那種小不隆咚的玩意？咱的年紀都比你這娃娃臉裝嫩的小鬼大上N輪了！給咱好好聽清楚了，咱憑什麼要委屈自己去摸那種不香、不軟、硬邦邦，還沒法子替世界美化的東西？摸了咱的手會爛掉的！」

在場被指爲「不香、不軟、硬邦邦，還不能美化世界」的男性們，不約而同露出了複雜的表情。

柯維安傻愣愣地望著畢宿。

「娃娃臉的，你把咱當成什麼了？」畢宿吊高眼角，野性的臉蛋上閃動勃然怒氣，「咱可是畢宿，鼎鼎大名的金牛星．畢宿！」

咦？

「最重要的是，咱從來就不是下面帶把的那種生物！」畢宿雙手扠腰，氣勢洶洶地大喊道：「咱可是女的啊，混帳！」

……咦？

咦!?

咦——

經過一番兵荒馬亂和解釋後，畢宿的性別誤會終於解開，為什麼會和曲九江走在一塊，以及曲九江為何會有神力，也一併說清楚、講明白了。

一夥人總算能移步到客廳坐下，準備好好商討接下來的事。

不過畢宿才剛堅持自己一定要坐在蔚可可和秋冬語中間後，突然又一溜煙竄向廚房。

只聞一陣乒乒乓乓的聲響，接著就是濃郁的咖啡香氣飄了出來。

「畢宿，喜歡咖啡，壓力大時會不客氣地猛灌，『牛郎織女』神話中的那位金牛星沒錯。」一刻面無表情地向第一次見到畢宿的朋友們介紹，再扯著嗓子朝廚房一吼，「別把我家的咖啡泡完，畢宿！」

「嘖，太小氣是永遠交不到女朋友、還會不舉的，宮一刻。」畢宿捧著大馬克杯晃出來，不忘對一刻搖搖食指，「這樣不行的，宮一刻。要是你真不行，你下面那根和蛋乾脆都送咱怎樣？這樣咱就不用幻想自己也有了。」

一刻的回答是豎起中指。

畢宿咂咂嘴巴，惋惜地晃回自己的座位。

柯維安的視線不自覺地也跟著一起轉。

他不是第一次見到長得像男孩子的女孩，像妖狐族的瓏月就是一例。可是畢宿和色狼沒兩樣的言行舉止，根本令人難以想像她眞是女的。

更重要的是，她居然還是那位傳說中的金牛星！

柯維安揉揉臉頰，方才的震驚依然殘存心中，久久無法散去。

金牛星，「牛郎織女」故事中第四位重要角色。牛郎和織女的相識、相愛，可以說都是由她推動的。

但是，故事裡的金牛星不是忠實可靠嗎？怎麼眼前的這位……

或許是柯維安的眼神太露骨了，畢宿眨眨眼，倏然擺出防禦姿態。

「看什麼？先說好，咱是不會把這個可以左右捧花的位置讓給你的！」

「哎？咳，不不不，我沒有要跟妳搶的意思。」被誤會的柯維安趕緊搖搖手，「而且我的眞愛是小白。」

「你們在搞基？」畢宿立即狐疑地瞥向一刻，「咱會祝福你們啦，不過牛郎大人大概會因爲嫁兒子哭得淅瀝嘩啦。」

「靠杯啊，搞妳的蛋！」一刻的臉色頓如鍋底一樣黑。

偏偏畢宿還火上加油地說，「咱沒蛋，難道你眞的要送咱？快快快！」

快個ＯＯＸＸ！一刻硬生生憋下滿肚子髒話。他深吸一口氣，這幾年來他以爲自己的耐心有所增長，但一碰上畢宿就全部破功了。

「學長，拜託你負責接下來的事……」一刻痛苦地說，「我去通知范相思。她關在自己的結界裡睡覺，應該不曉得發生什麼事。順便……順便我再去弄個床位出來。」

說到這裡，一刻看了曲九江一眼，忍不住重重地嘆口氣。

他家的居住人口一下子從三增加到八是哪招？

「小白，看在你們家太小的份上，我可以勉強和人擠一間。」曲九江傲慢地說，打量客廳的眼神帶上了幾分挑剔。

「你閉上嘴。」一刻只回了這冷酷的四個字。

他自認沒把人趕去睡沙發已經夠客氣了，那混蛋還敢挑三揀四？

爲免自己在這多逗留，理智線就多一分斷裂的可能性，一刻決定現在馬上上樓。

但彷彿有股無形的力量要一刻留下，繼續考驗耐心，他的前腳剛踏上階梯，後腳都還沒來得及邁出，有若玉石般清脆的嗓音無預警先落下了。

「哎呀？」

一刻一愣，反射性仰高頭。

理當關在房裡休養的范相思，從上半部樓梯探出頭，那片挑染成漸層橘的劉海，隨著她的動作垂晃下來。

范相思眨眨眼，掃過客廳裡的人們一圈，然後像感到佩服般吹了一聲口哨。

「哇喔！宮一刻，你家的人口變多了耶！本姑娘的錢放你家裡，不知道是不是也會自動增加？」

一刻什麼話也不想說了。

像是沒看見白髮男孩無語問蒼天的模樣，范相思視線很快與畢宿對個正著。

兩名短髮少女互相凝視數秒，接著畢宿「唰」地站起身，范相思也從樓梯間一躍而下。

在一隻腳包成白饅頭的情況下，范相思依舊輕巧地踏在一樓地板上。

畢宿二話不說，就朝范相思跑去。

一刻大驚，畢竟他還不夠了解范相思，誰知道那名劍靈在被性騷擾後，會不會當場將人砍成數段？

就在一刻準備阻止畢宿之際，令人意外的一幕在他眼前發生了。

畢宿竟然主動和范相思保持一臂寬的距離，再朝對方伸出手。

沒錯，是伸手和人握手，而不是伸手摸人胸部或屁股。

「咦咦？」蔚可可也不禁愕然，「畢宿轉性了？」

按照以往慣例，畢宿一看見女孩出現，都是眼明手快地撲上去。況且范相思頭髮雖然削得薄薄的，也看得出是個清秀的美少女。

「太奇怪了，宮一刻，這發展不對呀……」蔚可可一頭霧水。

一刻感同身受地直點頭。

只見畢宿格外有禮貌地和范相思握了握手，下一秒又是意想不到的發展。

「咱好久沒看見妳了，相思，妳也在宮一刻這裡，真是太巧了。」

「我也覺得好巧。好久不見呢，畢宿。其實妳要摸我的話，我倒是不會反對哪。」

「不不不，咱不摸、不摸，摸了咱就沒錢到要脫褲啦。而且咱也說過，妳可不在咱的守備範圍內。」

從兩人不顯生疏的交談來看，毫無疑問，她們早已認識。

「等……等一下！」柯維安再也憋不住像泡泡成串冒出的疑問，忙不迭地扭身跪坐在沙發上，手臂伸長，指向兩名神祇，「妳們認識？范相思，妳從來沒說過妳和畢宿小姐……」

「叫咱畢宿就行了。」

「喔，好。我剛說到哪了？對，范相思，妳和畢宿認識？那妳和牛郎大人、織女大人也一定認識對不對？早知道就請妳替我向他們要簽名了，活生生『牛郎織女』中的人物耶！」

「靠夭啊！你是忘了你師父還是活生生的文昌帝君嗎？」一刻的理智終於斷線，「柯維安，閉嘴坐好！范相思和畢宿，妳們也給我到沙發那邊去。不，柯維安不會跟妳買簽名的，范相思，把計算機該死地收起來！」

也許是一刻的氣勢太過懾人，魄力十足的目光惡狠狠一瞪視過去，就算是劍靈的范相思和金牛星的畢宿，也摸摸鼻子，乖乖地依言照做。

從廚房那又拖了張椅子過來，順便也替自己泡杯咖啡好冷靜一下，一刻一屁股坐下，手上的杯子「砰」地放至桌面。

一時間，客廳裡鴉雀無聲。

「現在，有問題一個個提出來。」一刻板著臉，由他打碎這份寂靜，「我先來。畢宿，妳和范相思早就認識了？」

「認識啊，咱還跟她賭過錢呢，差點輸到連內褲都不保。幸好沒真的不保，咱可不想當眾露鳥裸奔。」畢宿嚴正聲明。

一刻已經懶得提醒對方根本就不存在那玩意。

「至於我和畢宿如何認識的，女孩間的祕密可不是免費的唷。」范相思笑吟吟地接著說，食指和拇指圈成一個意味深長的圓。

「關於這個。」安萬里適時插話，挽救了在場小輩們的錢包，「我應該猜得出來，是因爲帝君吧。」

當「帝君」兩字一出來，一刻他們幾乎馬上弄清緣由。

張亞紫和織女是相當要好的朋友，透過張亞紫，范相思會和畢宿認識也不是不可能。

而從范相思扼腕咂舌的表現來看，顯然安萬里的推論無誤。

「原來如此……該說這世界眞小嗎？」柯維安摸著下巴，不免又回想起自己當初和蔚可可的認識經過。

原本只是單純的網友，直到見了面，才赫然發現彼此都和一刻有著關聯。

現在想想，他身邊有不少人，就是因爲他家小白才會湊在一起的……

「甜心，你眞是罪惡的男人。」柯維安感慨地做出結論。

想當然耳，這沒頭沒尾的發言只會換來一刻犀利的眼刀。

「又在鬼扯什麼五四三的……廢話省下，把你腦中的小世界也關掉。再來誰有問題？柯維安跳過。」

「欸？小白，你不能這樣啊！我也有問題，我眞的有一個問題要問！」柯維安大驚失色。讓他持續憋住疑問，對他來說無疑是種折磨。

於是劈里啪啦一串抗議後，柯維安乾脆抓緊還沒有人開口的空檔，語速飛快地把剩下的句子一口氣傾倒而出。

「我想問畢宿，為什麼妳和范相思的打招呼，是那麼……呃，和平？」

「你希望我們激情擦撞？」范相思饒富興味地反問。

「不不不，我當然不是這個意思。我的意思就是……呃，那樣的意思。」柯維安一時之間還真解釋不清，只好含糊著說。

不過其他人倒是聽明白柯維安想問的是什麼。

嚴格來說，這是一個和正事無關的問題，可是一刻和蔚可可不得不承認，他們也超級想知道的。

腦內成分幾乎是由「美女」構成的畢宿，面對范相思時，為什麼會有禮得像位紳士？這太不科學了！

「喔，你說那個啊。」畢宿也不賣關子，很快給出答案，「因為范相思對咱來說不能算姑娘，是女漢子，就跟帝君一樣。」

「哪個帝君？」

「當然是文昌帝君，亞紫大人囉。咱啊，是不撲女漢子的，不過她們又都是美女，於是咱就用這種彬彬有禮的態度對待她們。咱是不是紳士極了？」畢宿沾沾自喜地揚起頭。假使她的尾巴有顯露出來，此刻估計是翹得老高。

「妳敢說我還不敢聽。」一刻鄙夷地瞪了畢宿那隻又想往秋冬語身上摸的爪子。只不過秋冬語的速度更快，面不改色地就抓住那隻爪子一扭，以防再作怪。

畢宿登時安分下來，畢竟她還想留有一隻手喝咖啡。

「那麼，」安萬里驀地拍下手，讓眾人的注意力移向他。「回歸正題，我們討論接下來的計畫吧。」

沒有人對此提出異議。

「大家都已經知道，我們的目標是引路人。有些部分，其中幾人可能還不清楚，我就從頭簡單地再講一遍，當然也會加上我個人的看法。」

安萬里從沙發上起身，在眾人注視下，他拿出自己的手機，往螢幕上一處點按。白光乍現，一面足有雙臂寬的白板頓時平空成形，浮立於空中。

「這是我離開公會時，開發部那塞來的小發明，簡易攜帶的說明用白板。據說紅綃本來想加個自爆功能，被她的下屬哭著阻止了。」安萬里微笑解釋道：「有些東西寫下來或畫成流程圖，總是能讓人看得比較明白，我就一邊說一邊寫了。」

稍微停頓了下，安萬里接著快速且有條理地將此次事件重頭講述，同時不忘把重點寫在白板上。

「潭雅市出現一名叫引路人的人物，他讓回應、允諾自己的妖怪們落入他的空間，吸收妖怪們的力量。小語也被他視作目標，不過引路人在小白你們這邊踢了一個鐵板，甚至還導致自己被瘴入侵，恐怕短時間內，引路人都不會輕易嘗試再來吞小語這個餌了。」

「因此，我們需要一個符合條件的新餌。小白，這就是你爲什麼會找九江學弟過來的原因，對吧？」

話題突如其來轉到自己身上，一刻一怔，但在安萬里溫和的目光中，以及曲九江瞬也不瞬的盯視下，他也只能硬著頭皮，含含糊糊地「嗯」了一聲。

天知道他的心情有多複雜，人分明就不是他找的，但學長的笑臉讓人有種不能說不的壓力。

安萬里滿意地點點頭，繼續說道：

「九江學弟相當符合誘餌的條件。原本我們打算利用他誘使引路人主動出現，事實上，引路人的確也上勾了，只是卻是在我們沒料到的時候。」

范相思不自覺挺直身子，像是要聆聽得更清楚般往前微傾。

「根據畢宿和九江學弟所說，他們在來這的路上就碰上引路人。雖然讓對方受創，但對方也逃了。引路人逃進一所高中，利用中午的人潮，甩開了畢宿他們的追蹤。」

「然後呢？」范相思勾起一抹興致盎然的弧度，「安萬里，你的話聽起來就是還有一個『不過』沒說完。別賣關子了，浪費太多時間，我可是要收錢的。」

「不過畢宿當然也沒讓上勾的魚眞的跑了。」安萬里從善如流地吐出未盡的話。他在白板另一端畫了幾筆，大致勾勒出一座校園的圖形。

「畢宿及時布下結界，圈住那所學校。一般人感覺不到、仍可穿過，可是妖怪就不行了。就算引路人想要趁機依附在哪個人類身上脫離，同樣也會被那結界攔下。」

「換句話說，引路人等於被關在那間學校裡，我們只要進去把他找出來就好了？但我怎麼覺得……」柯維安皺著娃娃臉，「這話的後面，也還有一個『不過』？」

「賓果！」出聲的是畢宿，她打了個響指，「就是有個『不過』。不過咱的結界沒辦法撐太久，再怎麼說都是篩選型的結界，撐起來挺耗力。大概撐不到十二個小時。時間一過，結界自動消失，魚就眞的會逃之夭夭了。」

「也就是說我們要把握時間，趕緊進行搜查對不對？」蔚可可恍然大悟地一拍掌，「那還等什麼？我們馬上就去……」

蔚可可的聲音驀地轉小，她闔上嘴巴，猛然意識到這行動會碰上一個大問題。

蔚可可記得現在是九月，星期四，對大學生而言還是暑假，但對高中生來說就不是這麼一回事了。

「呃……高中生下午要上課，對吧？」蔚可可苦著張俏臉。

「對。更棒的是，他們可能還有晚自習。」一刻粗魯地往後耙梳一頭白髮，「更別說社團活動之類的。像利英就常有社團待到晚上才走，以前是十點半，現在聽說改成十點了。」

「哎？咱還沒告訴你們嗎？引路人躲進去的，就是利英高中唷。宮一刻，咱得說你們高中的女生制服超棒！」畢宿用力地比出一個大拇指。

「棒個頭！靠，妳從頭到尾都沒提到學校的名字好嗎？見鬼了，爲什麼是在利英？」一刻感到太陽穴狠狠抽痛。

即使利英的校風再怎麼自由開放，也不表示能讓校外人士任意進出，更遑論是在校園各處展開搜查了。

雖說晚間時分校內人員不會那麼多，可是那時才行動的話，時間也不夠用了。

「宮一刻，要是墨河這時候在就好了，說不定能請他和他的阿姨說一聲……我記得他阿姨是利英的校長。」蔚可可愁眉苦臉，「怎麼辦？我們總不能冒充學生進去吧？雖然宮一刻以前的確是利英的學生，我和我哥也在那當過交換……」

「就是這個！」畢宿霍地大叫一聲，也不管旁人被她的行爲嚇了一跳。她臉蛋散發著光采，眼睛更是亮得不可思議，「冒充學生不就好了？咱剛剛居然沒想到！」

「等一下！畢宿，妳在胡扯什麼？」一刻緊皺眉頭，「我們可是大二生了。」

「不，小白，在我心中你永遠是在保鮮期內的天使！」

「天你老木。讓我說完，不然就叫曲九江放火燒了你。」

瞥見曲九江的眼裡閃過嘲弄的笑意，掌心也燃起一簇緋紅火焰。柯維安縮縮脖子，將嘴巴摀得密密實實。

一刻深吸一口氣，覺得畢宿的提議未免太異想天開，「妳要我們冒充學生？但就算我們溜進去了，校外人士在裡面走動，很快就會引來注意力。」

「所以咱說，要你們冒、充、學、生！」畢宿一腳踩到桌上，恨鐵不成鋼地嚷道。

「啥叫冒充？就是得僞裝得跟利英的學生一模一樣，學生在校內活動多正常。雖然說你們一個個看起來都沒高中生那種青春味了，女孩子和娃娃臉的除外，但咱是誰？咱可是鼎鼎大名的金牛星．畢宿！」

「咱的力量大多是拿去維持結界了沒錯，可這種小問題還難不倒咱的。只要在你們身上施下『暗示反射』，所有見到你們的人都會認爲你們正是十五、六歲的年紀，一朵花呢。不過宮一刻，你和你那個半妖神使只能算大王花。」

被指爲「大王花」的兩名男性面無表情，一點也不想開口。

反倒是范相思熱烈鼓起掌，啪啪啪的掌聲迴盪在客廳裡。

「這是個好主意，畢宿，本姑娘贊成。」范相思的貓兒眼笑得如月牙彎彎。

可一刻覺得自己在那抹微笑裡看見了瞬間閃過的狡猾與犀利，就像盯上青蛙的蛇。

一刻無來由地打個哆嗦，有種他們就是被虎視眈眈盯上的青蛙，或其他可憐動物的感覺。

「既然畢宿願意主動幫忙，我這也沒什麼意見。」安萬里推扶鏡架，溫和的眼眸望向自己的學弟妹們，「小白，你們呢？我也會跟著一塊進去利英高中的。」

幾名年輕人你看著我、我看著你，然後是蔚可可率先舉起手。

「我也沒問題！」鬈髮女孩活力充沛地說，「好久沒去利英了，總覺得好懷念啊！」

「無……異議……」秋冬語頷首，「這是正事，能穿……正裝嗎？」

「啊，這次就不行了。」安萬里遺憾地說。

女孩們都爽快答應了，一刻重重吐出一口氣，也不再拖拖拉拉，直截了當地給出同意的回答。

再怎麼說，這的確是目前最可行的辦法。

「甜心都去了，我怎麼可能不去？我一定會完美地偽裝成高中生的！」柯維安信心滿滿地比出一個敬禮手勢。

安萬里的視線移向曲九江，後者的神情冷冰冰的，看起來還有一絲傲慢，但卻沒有吐出拒絕的答覆。

沒有拒絕，就是同意。

安萬里毫不猶豫地在白板上寫下負責進入校園調查的成員名單。

小白、小語、維安、九江……

他沒有忘記再寫上一個「我」。

「順便把咱的名字也寫上去吧。」畢宿收回腳，走到白板前，還好奇地戳戳由公會開發部推出的新產品，「咱在裡面比較好掌握結界變化，還能好好欣賞一下小姑娘。放心好了，這裡摸一下或那裡揉一下的事，咱絕對不會做的，咱可以用隔壁老王家的母雞作保證。」

「幹，聽起來根本毫無可信度。」一刻不客氣地吐槽，打定主意要好好盯住眼前的小色狼，否則不知道會惹出什麼風波。

「也再加上我吧，不過我就當後勤人員，幫忙監控什麼的。」范相思稍微抬高自己的腳，上頭的綳帶潔白醒目，「腳還沒恢復，就不當拖累的人了。但該拍的照片，我還是會拍的呢。」

照片？什麼照片？

無端冒出來的兩個字，讓眾人困惑不已。可緊接著，他們就發現在場還有一個明白人。

頭生金角的黑髮女孩露出她的小虎牙，愉快地宣布道：「少年少女啊，把你們的穿衣尺寸通通交出來給咱吧！」

「咦？」

「哎？」

「……啥？」

最後一個音節是一刻險惡地發出來的，他怒視畢宿，心中警鐘大響，「畢宿，妳又想搞什麼鬼？」

「咱才不是搞什麼。」畢宿皺皺鼻子，義正辭嚴地反駁道：「咱這不是要力求逼眞嗎？施了『暗示反射』還不夠，你們總得要穿人家學校的制服吧？除非宮一刻你們想裸奔，咱是不會反對啦。」

「妳全家才裸奔！爲毛妳的暗示就不能施全套？」

「啊？當然是咱想看美少女穿高中制服嘛！黑上衣和紅格紋裙，超棒的好不好？」畢宿坦蕩蕩地展現出內心欲望。

也可能是她的態度太理所當然了，一時反倒是一刻被噎住了。

趁一刻啞口無言之際，范相思笑咪咪地補上最後一句：「就是這樣囉。本姑娘非常期待能拍下你們的高中制服照，安萬里，我同樣也很期待你的哪。」

年過七百，如今爲了搜查，得穿上高中制服裝幼的安萬里也只能苦笑。

明白事情已下定論，一刻無力地把臉埋進掌心裡，先前的不祥預感果然不是錯覺。

他都畢業一年多了，還得穿上高中制服……幹恁老師咧，這是什麼詭異發展！

第九章

午後悶熱的天氣，絲毫沒有辦法和秋季這個理當涼爽的季節畫上等號。

曾有人開玩笑說，台灣的四季其實就只剩下夏天和冬天，春秋都要變成一種裝飾性名詞了。

對於此時的一刻而言，他才不管什麼季節錯亂，反正身旁就有一個無視氣溫變化，似乎永遠都穿厚外套、內搭毛襪，再加一雙毛茸茸短靴的人物了。

不過今天，眞的是靠杯熱。

一刻抹去額角冒出的汗水，仰頭望著聳立在前方的連綿高牆。

他們一行八人現在就在利英高中的後門，且全體穿著利英高中的制服。

由於還沒換季，他們一夥人穿的都是夏季制服。男生清一色是短袖白襯衫搭藍色領帶，下半身是蒼藍色的長褲；女生們除了畢宿外，都是黑上衣配紅格紋裙，加上及膝黑長襪。

至於畢宿，她的外貌著實太男孩子氣，換上女生制服反倒有種突兀感。於是她乾脆換上男生制服，活脫脫就是個野性十足的俊俏少年。

附帶一提，這些衣服還都是畢宿準備的。

一刻一點也不想知道那位金牛星是從哪變出來的。

雖說距離高中畢業才一年多的時間，可是一刻就是感到些許不自在。他扯扯領口，把領帶拉得鬆垮。

但也有人對眼前的狀況如魚得水，沒有半點不適應。

「小白、小白，這樣穿好像又回到大學的制服日耶。」柯維安眉開眼笑，趁一刻反應不及，迅速抓著對方一起自拍好幾張照片。

「什麼制服日？」一刻拍開那張靠太近的娃娃臉，不明白這有什麼好拍的。

「就是大一上時，系上有辦個制服日的活動，大家可以穿高中制服到學校上課……啊，我想起來了，小白你那時和曲九江都沒來上課。嘖，早知道那時就該把甜心你找出來的。」思及自己當初錯過了看見一刻穿制服英姿的機會，柯維安不免扼腕。可轉念一想，自己現在不就和對方穿同樣的衣服嗎？

柯維安頓時又喜不自禁地笑開來：「欸嘿嘿，這算另類的情侶裝嗎？」

「情侶個屁，利英起碼一千多人都跟你穿情侶裝了。」一刻白了一眼。

「還有萬里學長他們，也跟小安你穿一樣呢。」蔚可可沒有多想地說道。

柯維安當場大受打擊，他摀著心口，燃起的興奮火苗瞬間被一桶冰水加冰塊給澆熄了。與狐狸眼和曲九江穿情侶裝？這念頭光是冒出一點，就令柯維安打寒顫。

「宮一刻、宮一刻，引路人的事情處理完後，記得跟人家也拍一張喔。」蔚可可眨巴著眼，可愛的臉蛋上寫著大大的「期待」兩字。

「還拍？妳高中時又不是沒看過。」一刻沒好氣地說，他早就看膩自己穿制服的模樣。

「哎唷，那不一樣啦。」蔚可可義正辭嚴地說，「我第一次穿利英的制服跟你拍照耶。當初來這唸書，我和老哥都是穿我們湖水高中的制服，所以就是不一樣，懂嗎？」

一刻眞想回一句「我不懂」，但面對蔚可可那雙小鹿似的圓眸，他放棄地揮揮手，表示隨便了。

「孩子們，看我這裡一下。」安萬里拍拍手。

即使換穿上高中制服，也依然不減安萬里優雅斯文的氣質，加上舉手投足無意間散出的成熟風範，魅力値頓時上升了好幾個百分點。

蔚可可最初看到時，還不禁興奮地抓著一刻直嚷著：萬里學長穿這樣，還有那個氣質，就像活生生的學生會長！

一刻滿頭黑線，不是活生生的還得了？蔚可可是唸外文系唸到中文造詣都掉光光了嗎？不過一刻也沒針對這點吐槽，只是回了一句：「妳身邊不就有個活生生的前糾察隊大隊長了？」

於是蔚可可沉默，興奮勁也退得一乾二淨，似乎是想起自家兄長可怕的臉色，進而勾起心靈陰影。

留意到自己分神的一刻猛地拉回神智，頓聞安萬里溫和但堅定的宣布。

「我知道有幾人穿上小白學校的制服覺得很新奇，不過事情結束後，我相信有的是時間。九江學弟，你可以晚點再把照片傳給百罌學妹。我指的是，主角不是你的照片。」

被點名的曲九江眉毛沒動，只是眼神瞥睨了一記，還是那副冷傲的姿態。

但一刻眼尖地發現到，曲九江放在手機螢幕上的手指停住了。

也就是說，那傢伙眞的在傳照片給楊百罌？是傳蔚可可她們的制服照嗎？

一刻自然地將照片主角想成女孩子，下意識認爲幾名女孩的感情在他沒注意的時候，已經迅速發展。

假使有人正好站在曲九江身後，就會發現照片裡的人物清一色都有著張狂的白髮，和一雙不笑時顯得格外凶惡的眼眸。

瞥了一眼現任楊家家主在LINE上發來的驚嘆號，以及惱怒表情的貼圖，曲九江愉快地暗暗扯動唇角，表面上則神色不動地收起手機。

「謝謝你的配合，九江學弟。」安萬里微微一笑，笑容柔和，然而眼底的光芒令眾人想到瞬間拔出鞘的劍刃。「我就只再說一句，按計畫行動，有發現立刻回報，也別忘記自身安全。要是可愛的學弟妹受傷，我會很擔心的。」

「最後，祝大家順利。」

這平靜的七個字就像一道訊號，宣告著潛入行動的開始。

在畢宿的法術下，所有人身上都被施加了一道「暗示反射」。凡是利英高中的師生見到他們，都會下意識將他們當成學校的一分子，並且自動對他們上課時間仍在教室外遊晃，安上一個合理的理由。

利英高中總面積不算小，加上又有年級大樓、行政大樓、專科教室大樓等建築物，因此按照擬定計畫，一刻等人分組進行尋找和調查。

唯有范相思沒加入，她負責物色一個適當的地方作為集合基地，也好隨時統整眾人傳來的情報。

大約二十分鐘後，分散開的三個小組一致收到范相思的訊息。

她就在專科大樓的頂樓天台上，倘若要集合，就直接往這處前來。

而分頭行動的三組人馬，則分別是一刻、畢宿、曲九江；柯維安、蔚可可、秋冬語；安萬里則是隻身一人。

會有這樣的分組結果，主要在於一刻嚴禁畢宿離開自己身邊，免得她抓到機會就對女老師或女學生伸出祿山之爪。

接著曲九江也挑明，他不希望自己的神在他沒看見的地方，蠢得把胳膊或是腿給弄斷，又或者是幹出什麼傻事，冷硬的態度絲毫不因一刻難看的表情而軟化。

原本柯維安打算勇敢地無視曲九江的存在，緊緊抱住一刻的手臂，發表誰也不能拆散他和他家甜心的聲明，不過在一刻動手拆了他之前，安萬里和善一笑。

「維安，回公會後我讓里梨抱你個十次，不會太大力的那種。你就和小語她們一組吧，小白這邊客滿了。」

前一秒和一刻依依不捨的柯維安，下一秒果斷放手。

「小白親愛的，不要太想我，我還是很愛你的。」柯維安嚴肅地說。

「滾。」一刻只送出這個字給柯維安，其他的字句轉而詢問安萬里，「學長，那你一個人……」

「別擔心，我好歹是守鑰，守護之鑰不是浪得虛名的。」安萬里安撫地給了一刻他們一抹笑容，那笑容有著不容人反駁的無形力量。

於是三個小組的成員就這麼決定了。

一刻等人負責的是操場、球場和體育館，這三個區域的面積廣，相當適合以體力見長的這三人。

然而畢宿卻是垮下一張臉。

「咱覺得咱被針對了……」畢宿忿忿不平地咬著拇指，沒有藏起的細長尾巴如同在呼應主人的心情，不時大力擺晃著。

「針對什麼？」一刻隨口一問，大多數心思都放在觀察四周環境上。

也不知道是不是湊巧，這個時間點上體育課的班級不多，球場上空蕩蕩，操場上也只有兩、三個班級在活動。

偌大的場地，看起來倒有幾分冷清。

「就是針對咱啊！」畢宿氣呼呼地用食指猛戳一刻的後腰，「這裡學生少，穿的還是體育服，體育服還是長褲版的！這還有沒有天理？說好的制服美少女呢？說好的絕對領域呢？咱強烈要求更換隊伍，咱拒絕和兩個臭男人同一組！」

「鬼才跟妳說好……幹恁娘！別戳了行不行？」一刻惱火地一掌拍掉畢宿的手。就算他不是細皮嫩肉，無故被人猛戳也是會被戳得火大的。

「嘖，說得好像咱願意戳你。」畢宿嫌棄地甩甩手。

一刻的理智險些離家出走，但他仍即時搶下了理智打包好的行李。

「我有一個好提議。」冷不防插話的是曲九江。他的語氣乍聽之下有禮，可那由骨子裡透出的蔑視與嘲諷，著實強烈得讓人難以忽視，「剁了那隻不安分的手，省得有人平白無故騷擾我的神。他有點蠢，身爲神使，我得好好盯住才行，是吧？」

「喔？」面對這分明是赤裸裸惡意的威脅，畢宿也不惱，反倒像是提起精神，她咧開大大的笑，眼眸炯炯有神，「這有意思耶。雖然咱對男人沒興趣，就像咱之前說的，會讓咱的幻肢迅速軟掉，就像這樣『咻——』的。」

畢宿做了個食指向下屈的手勢，另一手卻冒現金光，旋即從光裡俐落地抽出一柄金屬法杖。

法杖尖端轉瞬間直指至曲九江面前。

「但咱不介意教訓教訓一個包尿布年紀的小半妖哪。」

「很明顯，該包尿布的是妳這個披著男人皮的醜八怪。」面對下一刹那可能刺向前的鋒利法杖，曲九江眼眨也不眨。他冷笑，一頭褐髮瞬間成赤焰般的紅，末端髮絲甚至化爲火焰，像是火蛇欲凶猛地咬上畢宿。

雙方氣氛緊繃得一觸即發，彷彿還有滋滋火花躍動。

但有人不客氣地一把拍滅了那些火花，順帶也快狠準地往曲九江和畢宿的後腦搧下。

「包什麼包？X的，你們兩個才都是要包尿布的小鬼！這種事也能吵？也不想想你們幾歲了？」一刻凶神惡煞地怒視不顧場合的兩人，「你們是想先引來圍觀嗎？啊？」

「咱當然是永遠十六一朵花，還問啥呢？」畢宿鄙夷地瞪回去，眼神就像在質疑一刻居然沒眼力到要問這種問題。

……這傢伙也太不要臉了！一刻有如被畢宿的大言不慚震住。他攢著拳，深呼吸幾次，總算搶在理智要奪門而出前，猛力地把大門關上。

「而且也不用擔心咱們會被圍觀。」畢宿又說，外形古怪的法杖消逝在她掌中。

「咱的力量就算大半拿去鞏固結界，剩下的也不是紙糊的，咱的法術耐用得很。除了一般人會自動把咱們當成學生外，咱們非常理能解釋的言行舉止也會被他們自動過濾。除非太過頭，例如咱眞的和小半妖開打起來。現在在他們眼中，咱們就只是相親相愛的好同學。」

「聽起來眞令人反胃。」曲九江刻薄地對「相親相愛」四字做出評論，火焰也從他的髮絲消失，但赤紅的色澤並未褪下。

「咱有什麼辦法？咱也不想和你們倆相親相愛。」畢宿重重地彈下舌，再嘆一口氣，「可是這法術目前就只有兩種效果，一個是『相親相愛』，一個是『相愛相殺』，你們想要這個？」

「不，免了，謝謝，絕對不想要。」一刻果斷地否決，內心只想詛咒這個法術的不靠譜。

「相愛相殺」靠杯的又是啥鬼啦！

事實上也正如畢宿所說，操場上的學生對一刻他們這方突來的高分貝投來了詫異的視線，接著在一刻的白髮和曲九江出眾的外表上多逗留了一會，最末是不覺哪裡有異地自動收

回。

可是一刻捕捉到一個關鍵字眼：「等一下，畢宿，妳剛說『一般人』……」

「不錯唷，宮一刻，有注意到重點，不愧是繼承織女大人優良基因的孩子。」畢宿不吝惜地誇獎道。

「倘若非一般人，對於咱們剛放出的氣息就會有所感應。對方在無防備下受到刺激，最容易露出破綻。咱們就是要把握這個時間，將人揪出來，不過也可能揪出的是別的東西啦，如果這學校裡還有其他妖怪啊、鬼啊之類的。聽織女大人提過，利英以前不就鬧過鬼？」

「那也都被織女淨靈完畢了……反正就是利英曾流傳一個不可思議，十點十分，一樓社團教室的電話都會自動響起。因爲十幾年前，這地方曾在十點十分發生大地震，壓死了不少人。現在這傳聞應該還在傳，昨天范相思開的討論版上就有看到……」

在一刻隨意的閒聊中，曲九江和畢宿間的針鋒相對氛圍也不知不覺解除了。

三人有志一同地加快搜尋速度，當操場上最後仍是一無所獲時，他們不假思索地立刻轉移陣地，將目標鎖定爲體育館。

縱使門窗大敞，但這棟地上兩層、地下一層的建築物裡，依然瀰漫著一股經年累月沉積下來的沉悶汗味。

曲九江剛踏進門內一步，立即露骨地露出嫌惡的表情。

假使不是要幫一刻的忙，只怕這名半妖青年當場就會掉頭離開。

「唔嗯……要是只有女孩子的汗味該有多好……」畢宿捏著鼻子，嘟嚷地抱怨著，「混著男人的……咱好痛苦，這是對咱的折磨……」

「妳這發言簡直就像變態。」一刻面無表情，深深覺得受到折磨的分明是自己才對，必須一再忍受畢宿的語言污染。

體育館一樓是器材室和桌球室，再裡頭是辦公室。不過這時不見學生上課，反而是樓上隱約傳來了人聲和奔跑聲。

一刻正要提出一人負責一層樓的想法，但畢宿已快一步採取行動。

「咱來找地下室！地下室交給咱就對了！」扔下大喊，畢宿一馬當先地直奔通往地下室的樓梯口。

一刻被畢宿的自告奮勇弄得一懵，但下一剎那，他猛地爆了髒話，「幹幹幹！爲毛她知道下面是游泳池？她明明沒進來過體育館！」

一刻拔腿就追，深怕自己衝下樓時，會迎來大批女孩子的尖叫。

畢宿那白痴，就算她是女的，問題是她現在穿的可是男生制服，百分之兩百不會有人看出她的眞實性別的！

一刻三步併作兩步地奔至地下室，泳池特有的氯味迎面撲來，那像消毒水般的味道讓他擰起眉。

一刻迅速瞥了一眼游泳池，兩邊池子都只剩下三三兩兩的學生準備上岸。

那些學生反射性望著突然衝下來的白髮男孩，卻也沒多想，自動把對方當成有東西遺落在這，特地再回來找的人。

「同學，你把東西忘在更衣室了嗎？」雖說對方的白髮和銳利的氣勢讓人不禁生畏，但還是有學生拉高泳鏡，指著更衣室方向，好心地說：「我們班有人無聊惡作劇，把男女更衣室的牌子互換，你可不要走錯。剛也有人跑下來，幸好他沒被牌子誤導。」

牌子？啥東西的牌子？一刻下意識看向更衣室方向，等到他真正意會過來那名學生的意思，一道慘叫也在剎那間從男更衣室裡爆發出來。

「咱的眼睛啊——」

那叫聲如此悲淒，宛如遭遇了旁人無法想像的非人折磨。

隨著一道人影像旋風般衝出，男女更衣室內的學生也被嚇得紛紛跑出來，想知道究竟發生了什麼事。

一刻眼疾手快地扯住一股腦亂竄的畢宿，後者痛苦地摀著雙眼，以往的神氣全不見了，渾身上下纏繞著絕望色彩。

一刻一點也不想同情畢宿，誰讓她自找罪受。

「嗚啊啊……咱的眼睛，咱的眼睛眞的要爛掉了……」畢宿呻吟地放下手，臉蛋慘白，連眼底的光芒都像快熄滅的蠟燭般微弱，「宮一刻，你不能理解咱剛受到多大的傷害……爲什麼女子更衣室裡會是一群臭男人？天堂立刻變成地獄了啊……」

「地你妹。」一刻飛快地摀上畢宿的嘴巴。就算她是喃喃自語，萬一被其他人聽見了，鐵定連他也會被視爲色狼的同伴。

在場眾多學生們就像是被眼前的場景驚呆了，他們面面相覷，希望從其他同學那兒得到一點訊息，但得到的皆是茫然。

誰也不曉得現在到底是什麼情況。

一刻彈下舌，心知不宜久留，得趕緊拖著畢宿離開現場。

「沒什麼，這傢伙只是看到蟑螂尖叫……抱歉打擾你們了，我們只是下來找東西，東西已經找到了。」一刻面不改色地編造著藉口。他那不可親的外表，反倒替他的話語增添了說服力。

穿著泳裝、泳褲，或是換回體育服的學生們沒多加懷疑便相信了。

「原來如此……」

「剛眞是嚇死人……」

「就是，還以爲發生凶殺案呢……那叫聲有夠淒厲。」

「囚你的大頭啦。走走，回去換衣服。」

有人鬆口氣，有人交頭接耳，同時圍觀的人也逐漸散去。

趁此機會，一刻粗魯地扯著畢宿往樓梯退，沒想到樓梯上正好下來一個人。

「曲九江，你幹嘛也下來？」一刻皺起眉，隨即回過頭。

就如他猜想的，一些本來要進去更衣室的女學生在瞄見曲九江後，不約而同地都放慢了步伐，女孩子間的嘰嘰喳喳聲滲出一股興奮。

類似的情況可說是層出不窮，一刻基本上也差不多看得麻木了。

「算了，先上去再說。」一刻也沒有真的要從曲九江那兒得到回答，對方嘴裡十之八九都會跑出諷刺人的句子。

一刻揮手作勢驅趕曲九江，另一手緊架著畢宿不放，徹底阻斷她想折返女子更衣室好一洗眼睛的企圖。

曲九江對泳池前聚著不走的女學生視若無睹，除了難聞的氯味，他沒有嗅到其他妖氣。他會下來，也只是想確認一刻的情況。

「我只是要確定你有沒有跌進泳池裡，小白。」曲九江不疾不徐說著，如意料中般見到白髮男孩陰惡地吊高眼，揮手趕人的動作也變成一隻豎得高高的中指。

曲九江不得不承認，除了真正把一刻惹得發飆暴怒外，他覺得對方豐富的表情變化真的挺有意思。

大概就和喝草莓蘇打的樂趣差不多。

「馬的，就知道你這張嘴沒好話。上去啦，難道要老子踹你嗎？」一刻不耐煩地沉聲警告。

曲九江微聳肩膀，然而就在他要轉身上樓的瞬間，他頓住腳步，那張漠然精緻的臉孔竟生出一絲愕然。

正因為明白自己的神使向來都是冷冰冰或嘲弄的表情，所以曲九江的臉色變化即使再細微，也馬上被一刻察覺。

一刻心中一凜，反射性要扭頭。

可頃刻間，女學生們的纖細手指像白色海葵貼靠上來，冰涼的指腹還沾有未乾的水氣。

一刻才剛感錯愕，緊接著便轉為不寒而慄。

他聽見那幾名年輕女孩說出她們不可能會知道的字詞。

她們說：宮一刻、鳴火。

她們說：她有話要轉達給你們。

□

隨著下課鐘響，原本安靜的校園內頓時就像冷水滴入熱油鍋裡，劈里啪啦的劇烈聲響說炸出就炸出。

很快地，空曠的走廊上滿是人群，教室內學生不時忙進忙出。

這時剛好是下午第二節下課，也就是高中的掃除時間。

挪動桌椅的聲音跟著傳出，人聲鼎沸，可以說就像闖入了市場般熱鬧。

柯維安等人就在一年級的大樓裡，試圖尋找出任何異樣。

被封鎖在校園裡的引路人可能躲藏在任一處，更甚者，是躲在人的身上。要想把他揪出來，並不是什麼簡單的任務。

不過，柯維安、蔚可可和秋冬語仍是不放棄地繼續在各樓層中逐一巡視。

在術法的維持下，誰也不會發現他們三人是校外人士。只不過秋冬語獨特的病弱氣質，還有一身像不曾接受過日照的蒼白膚色，格外引人注目。

凡是他們三人經過之處，總是容易引來他人的注視。

「唔哇……應該叫畢宿讓我們看起來跟路人甲沒兩樣的。」柯維安拉了拉背包，低聲咕噥，豈會沒發現這個狀況。

上課時間還好，但現在是掃除時間，隨處都能見到學生的身影。尤其柯維安還是三人中唯一的男生，在左右兩名風格迥異的美少女陪伴下，他收到的側目特別多。

那些嫉妒的眼神像摻了刀片，有如要在人身上戳出幾個洞。

不過柯維安平常接受一刻的凶惡視線也習慣了，高中生的眼刀對他來講反倒不痛不癢。只是被那麼多人盯視，就表示行動要更謹慎點，不能貿然行事。

接著柯維安又想到一刻和曲九江。

「甜心和曲九江那邊感覺會更麻煩呢……特別是曲九江的那張臉。」

「哎？曲九江的臉怎麼了嗎？」蔚可可好奇地回頭。她的手被秋冬語牽住，因此也不擔心沒看路會不會撞到人。

「雖然個性很……」柯維安幾乎本能地先瞄瞄四周，確定沒瞧見那道醒目身影後，才安心地說下去，「嗯，很差勁，但是女孩會喜歡的帥哥類型。他在我們學校收到的告白和情書不知道有多少了……糟了，想想還真是令人羨慕嫉妒恨。」

「不會啦，小安也很不錯。」蔚可可真誠地說，「而且我就對曲九江沒什麼特別的感覺，當然也有可能是我看老哥、阿冉、墨河習慣了。啊，還有牛郎先生，他是超級美男子，只是老被人誤認成戀童癖，有點可憐就是了。」

「不不不，擁有一個超級無敵可愛幼女人妻的人，一點也不可憐，簡直就是可惡的人生贏家。我到現在都還沒摸過織女大人的手啊！」柯維安痛心疾首地按著胸，扼腕著自己先前

在一刻家見到織女的時候，應該先撲上去熱情握個手才對。

就算對方那時是美少女版本，可是美少女他也行的！

「小安，牛郎先生很會吃醋喔，他會把你當情敵的。」

「放心，我可是一個紳士。」

「音要唸作……變態。」秋冬語突如其來地加入談話，輕飄飄的語調卻像一支箭，強力射中柯維安的膝蓋，「老大這麼說……」

柯維安欲哭無淚，他明明就是再正直不過的紳士，爲什麼大家都要誤解他？

「嚶，我想要我家甜心的安慰和抱抱……」柯維安難過地吸吸鼻子，連頭上老是翹得高高的那綹頭髮，也像被霜打過一樣，有氣無力地垂下。

「小柯，乖……吃飯糰？」秋冬語面無表情地拍拍柯維安，也不知道從哪變出來的，手上下一秒眞的出現一個便利商店的三角飯糰。

柯維安對此見怪不怪，他搖搖頭，沒忘記阻止秋冬語想要邊走邊吃的行爲，免得可能連老師的注意力都吸引過來了。

穿過在走廊打掃或是打鬧成一團的學生，柯維安他們往另一樓層前進。

至今爲止，他們依然一無所獲。

引路人躲藏得相當隱密，絲毫沒有洩露出氣息。

「不知道小白他們進展得怎樣了？」柯維安摸出手機，想要發送訊息出去。

可是突然間，有人冷不防撞上了他。

「什……哇啊！」柯維安被這一撞，身體登時跟著踉蹌向前數步，手機也差點離手，幸好他反應迅速地緊緊抓住了。

同時，一道慌張的聲音立刻落下，「不、不好意思，是我沒看好路……」

柯維安回頭一看，才發現撞上自己的是個穿著制服的短髮女孩子。她看起來有些手足無措，身旁的女同學也陪著道歉。

「眞的很抱歉，我們不是故意的，剛剛眞的沒注意到。」

「沒關係、沒關係，我沒什麼事，只是嚇一跳。」柯維安露出了毫不介懷的笑容，大眼睛笑得彎彎的，那張開朗又討喜的笑臉一下子就減少兩名女學生的緊張。

柯維安隨後注意到地上掉了面小方鏡，想來最有可能就是那名撞到自己的女孩子無意間遺落的。

「這是妳們的嗎？」在問出問題的同時，柯維安也蹲下身幫忙拾起。

「咦？」撞到人的短髮女孩反射性探向裙子口袋，從她的臉部表情判斷，馬上就能確定她是小方鏡的主人。

短髮女孩露出感激的表情，連忙要伸手接過。

柯維安以仍然屈膝的姿勢，將鏡子遞還給對方。

然而，就在女學生彎下腰的剎那——

「柯維安，她有話要轉達。」

短髮女孩的嘴唇裡溢出空洞的氣聲，臉蛋上的表情也在瞬間變得空白。

柯維安瞪大眼，無意識地鬆開手指。

小方鏡被另一隻手接過。

「眞的很謝謝你，剛才實在很不好意思。」短髮女孩難爲情地一笑，再向柯維安身後的秋冬語和蔚可可點點頭，便拉著自己的同學往另一個方向離開。

那再自然不過的態度，彷彿前一秒的異常只是柯維安的錯覺。

「小安，怎麼了？」見柯維安還怔怔地蹲在地上，雙眼緊盯著前方，蔚可可詫異地小跑步上前，「難道說……那兩個人有什麼不對勁嗎？」

這念頭一閃入蔚可可腦海，她的神情馬上轉爲緊張。

「小可，妳有聽到那個女孩子對我說什麼嗎？就是她彎腰要拿回鏡子時……」柯維安慢慢站起身，先前在眉宇間的輕鬆消失無蹤。

「沒有耶。」蔚可可抱歉地搖搖頭，「我沒注意……小語妳呢？」

「見到嘴巴……有動，但聲音……太小。」秋冬語也沉靜搖頭。

「她說了我的名字。」柯維安捏緊手指，乾巴巴地說著。

蔚可可一愣，下意識就想脫口問出「那個女孩子認識你嗎？」，然而話才來到舌尖，就被她硬生生嚥下。

蔚可可眸子也張大，驚異的色彩染覆其上。

柯維安並不是利英高中的學生，那名女孩怎樣也不可能認識他才對。

既然如此，不認識的人……怎會有辦法知道柯維安的名字？

「引路人在她身上？」蔚可可抽了聲冷氣，「但……但我什麼氣也沒感覺到。引路人被瘴入侵了，照理說，神使對瘴的妖氣應該特別敏銳……」

「我也不明白，我同樣沒發現到。除了剛剛那瞬間，簡直就像有人藉著那名女孩子的身體在說話。」柯維安從衝擊中徹底拉回神智，沒多猶豫，他當機立斷地低聲喊：「小語、小可，我們馬上追！」

兩名女學生還沒走得太遠，相仿的身影依舊在柯維安等人的視野內。

她們正要繞過轉角，經過空橋，到另一棟年級大樓。

無論對方體內是否躲匿著引路人，終歸是一項線索。

柯維安向來不會白白錯過任何機會。

娃娃臉男孩拉好背包，迅雷不及掩耳地偕同兩名同伴往前直奔。

只是正值全校的掃除時間，走廊上本就人多，那些忙著打掃的學生不時移動，無形中妨礙了柯維安一行人的行動。

「不好意思，讓讓！借過一下！」柯維安一邊大喊，一邊奮力避開人群，或是設法推擠開聚在一起的學生。

「抱歉！」蔚可可同樣邊跑邊道歉。她拉著秋冬語，跟著柯維安努力往前奔跑。

三人的行為在走廊間引起新一波騷動，一年級學生們吃驚困惑地望著那三條像趕著去某處的人影，不明白究竟發生什麼事。

柯維安他們總算也跑至空橋上，那兩名女學生就在前方不遠處。

「動手？」秋冬語平淡地問。

「不行，畢宿有傳訊息提醒，她的法術只能掩蓋部分不合常理的事，我們在這裡動手，恐怕就真的要引來全校圍觀了。」柯維安快速地說，接著高聲一喊。「前面那個短髮女同學，等一下！」

下一瞬間，空橋上的學生們宛如被統一按下靜止鍵，不管男女皆停住腳步，他們齊齊轉過頭，包括最先撞到柯維安的女學生和她的同學。

一張張該是青春洋溢的青稚臉龐，這時赫然呈現大片空白，像失去表情和活力的人偶。

柯維安、蔚可可和秋冬語反射性停步，他們繃著身體，警戒地環視四周。

空橋上氣氛詭譎，和另兩端大樓的喧嚷比起來，宛如兩個截然不同的世界。

空氣就像長了尖刺，扎得柯維安等人暴露在衣外的皮膚隱隱生痛。

然後，最靠近他們的學生驀地開口。

「柯維安。」

空洞死寂的聲音響起。

這一次，柯維安三人聽得清清楚楚。

柯維安的名字。

空洞的聲音沒有歇止，緊接在那三字後，再次迴響於空橋上。

「她有話要轉達。」

只不過說話者已換成另一名學生，接著是下一位，再下下一位……

「不須浪費力氣。」

「今晚十點。」

「這所學校裡。」

「行政大樓前的前庭。」

「我們會等著你們。」

「你們會知道引路人的祕密。」

空橋上的學生每說完一句話就閉上嘴，換由另一人開口，輪流速度飛快，毫無停滯。不同的男女聲音此起彼落，有的低沉，有的高亢；有的粗獷，有的尖細；然而共通點是如出一轍的空洞幽然。

這份詭異感，令聞者不寒而慄。

轉眼間，開口的人換成了撞到柯維安的女學生。

她說：「你們會成爲『唯一』的部分。」

下一剎那，女學生的聲音再變，竟是清脆歡快的年輕女聲。

「連我都困在這裡，作爲代價，這次你得好好陪我玩了，維安哥哥。」

最末四字猶如平地炸起一聲雷，巨大的顫慄霎時衝擊柯維安全身。

柯維安駭然地瞠大眼，一張娃娃臉更是刷成蒼白。

這怎麼可能……這明明不可能……只有一個人會用這種語調、這種方式稱呼他。

但是，她明明早該被消滅了！

「符廊香！」柯維安啞著嗓子，神情近乎猙獰地大喊出聲。

就在那人名霍然落下的同一時間，籠罩空橋的詭異氣氛頓如潮水退去，轉眼間消失得一乾二淨。

所有學生們的表情重新鮮活起來，眼底的空洞也不復見。

他們訝異地望著神情駭人的娃娃臉男孩，竊竊私語緊接響起。

但很快地，他們又轉移了注意力，吵吵嚷嚷的人聲再次沸騰，就像誰也不曾發現到前一刻出現在自己身上的異狀。

「小安、小安，你還好嗎？」蔚可可臉色微白，心急地搭上柯維安的手臂，眸裡是顯而易見的擔憂，也有著尚未消散的驚惶。「那些學生們，他們剛看起來……」

「就像被人操縱……」柯維安心臟急遽跳動，背後不知不覺被冷汗濡濕，就連手掌心也是一抹汗。他短促地喘了幾口氣，那份顫慄似乎還留在他的體內。

「引路人身旁的是符廊香？但不可能……」柯維安抹了把臉，想要讓自己冷靜下來，可是腦內思緒仍亂成一團，令他難以好好思考。

「維安。」

一隻手臂冷不防由後探向柯維安肩膀。

柯維安重重一震，猛地轉過頭，肖似第三隻眼的金紋同時失控地浮現在額頭上。

隨後，柯維安緊繃的背脊驟然放鬆。

站在他面前的是安萬里。

□

通往頂樓的鐵門猛地被人大力打開。

柯維安喘著氣地從樓梯通道內跑出來，一抬頭見到除了留守的范相思外，一刻、畢宿和曲九江也都在這。

一刻等人的臉色顯得凝重或是陰沉，就像得知什麼不好的消息。

柯維安心思一轉，一個猜測頓時形成，他不敢置信地脫口喊道：「小白，難道你們也見到她……不對，我是指聽到她……」

「冷靜點，維安。」安萬里從後拍拍柯維安的背，示意他再往前走。

柯維安立刻想起身後還有其他人，趕忙把門口讓出來，好讓安萬里、蔚可可、秋冬語也能陸續上樓。

「很明顯，你們兩方都碰上不那麼令人開心的事。」范相思盤腿坐在地上，懷裡還抱著平板，她向柯維安等人招招手，「過來一起討論吧，隔那麼遠還得大聲喊，也太累人了。啊，過來時注意一點。」

注意點？柯維安他們不禁茫然。

安萬里最先發現異樣，他「啊」了聲，露出明瞭的笑意。「范相思，妳用劍影築出個基地了嗎？」

「基地？什麼基地？我怎麼沒看到？」柯維安狐疑地東張西望，然後目光像是捕捉到什麼，他張著嘴，小心翼翼地伸出手，往前方一個位置探去。

柯維安指尖碰觸到一堵堅硬物體。

「我還是幫它們染個色好了，免得你們真的一頭撞上。」范相思笑吟吟地一彈指，她的身周突地刷上淡紫色微光，紫光就像沿著無形的路徑飛快延伸。

只是一眨眼，由無數劍影堆砌出來的小型堡壘，毫無遮掩地躍入眾人眼內。

「哇！」蔚可可目瞪口呆，沒想過劍影還有這種用途，「也太酷了！」

「哪裡哪裡，還能蓋一〇一呢，當然是超級迷你版的。」范相思眨眨眼，「啊，動作還是要輕一點。我這些劍影只是裝飾用的，沒什麼力量。畢竟我還在休養期，不過任憑太陽晒也不符合我的美學。」

柯維安和蔚可可依舊抱著驚歎走入。在日光照射下，染著淡紫的剔透劍影如夢似幻，它們吸入了大量光線，但熱度則被隔絕在外。

利英高中的師生們恐怕不會想到，在專科大樓頂樓，會有個如此超脫常理的堡壘。

柯維安下意識往一刻身旁一站，在那麼近的距離下，他愈發清晰感受到，環繞在對方身邊的空氣緊繃得像能扎疼人。

「由我先說。」范相思豎起手指，率先掌握發言權，「宮一刻他們只比柯維安你們早來

十幾分鐘。他們在體育館地下室，也就是游泳池區，碰上了算是敵人的存在。」

「就我來看，那些人更像被什麼短暫操縱。」一刻抱著雙臂，硬邦邦地開口，仍清楚記得當時在泳池區發生的詭異一幕。

年輕的女學生們表情空白，聲音空洞地吐出她們根本不可能知道的事。

「她們說出了我的名字，曲九江的種族。還有，有人有話要轉達給我們。」

「這和我們碰上的事好像！」蔚可可驚呼一聲，「也有學生忽然喊出小安的名字，然後說她有話要轉達，接著那些學生就像受到操縱，一個接一個開口……」

「不須浪費力氣。」秋冬語驀地說，飄渺的嗓音幽幽迴盪，模仿起空洞的聲音維妙維肖，「今晚十點，這所學校裡，行政大樓前的前庭，我們會等著你們，你們會知道引路人的祕密。」

「這是……！」一刻瞳孔微縮，「這與我們聽見的一樣。那些學生說的『我們』，該不會就是引路人和昨晚那個斗篷人？」

「所以宮一刻你們也碰上符廊香了？」蔚可可只是單純疑問。

在趕來這裡的路上，她已經從柯維安和安萬里那兒，大致聽說符廊香和符家的關聯。

可沒想到這三個字對一刻來說，就像平地突然響起一聲雷，甚至連曲九江的雙眼也凌厲地微瞇起來。

「符廊香？慢著，爲什麼會扯上她？她不是被曲九江的火焰消滅了？」一刻掩不住滿臉震驚。

「咦？」蔚可可呆住。

「小白，你說你們碰上的那些人，只和你們說過小語剛複述的話是嗎？」柯維安嗓子發乾，在看見一刻點頭後，他深吸一口氣，慢慢地說，「但我們碰上的其中一名學生，最後還說了一句話。」

柯維安語速很慢，就像是要把積累在內心的陰霾一併傾吐出來。

「她說，連我都困在這裡，作爲代價，這次你得好好陪我玩了，維安哥哥。」

那明明就像一句親切的招呼，然而一刻瞬間只覺胃部像被塞入大量冰塊，他的心霍地一沉，猶如沉入由不祥築成的沼澤深處。

和柯維安認識以來，一刻只遇過一個人會用這種語氣呼喊柯維安。

——符廊香。

那個掛著天眞笑意，卻無比狠毒的鬼偶少女！

「可是，她是怎麼活下來的？」一刻喃喃地問。

「我很確定我的火焰把當初那團東西都燒透了。」彷彿覺得受到質疑，曲九江聲音不悅地低了一階，「小白，你難道懷疑我的本事？」

「我懷疑自己的神使幹嘛？」一刻感到思考被打斷，不耐煩地厲了一眼過去。

曲九江眼中的不悅反倒因此消弭。

「我同樣也不懷疑鳴火的力量，不過，我懷疑那天見到的，眞的是完整的符廊香嗎？」安萬里眼中閃過利芒。

所有人的視線立即集中至這名溫雅男子身上。

「學長，你是指……」

「小白，那天是你和百罌學妹見到她被瘴異入侵，加上她也失去軀體，因此是瘴靈融合的狀態。而瘴或瘴異，都是種狡猾的生物。它們不會輕易賠上自己的命，即使符廊香遭『唯一』污染，可是污染程度低，終究會是瘴異的本性佔上風。」

「等等，也就是說副會長你認爲……符廊香那時只用了部分力量執行情絲的命令，然後本體其實還在？」

「很好的推論，維安。」安萬里微微一笑，「雖說只是推論，不過這的確解釋得通爲什麼在引路人的空間裡，會有乞月祭的稻草人出現。」

「因爲是符廊香……」柯維安不自覺地咬著拇指，他總覺得自己還漏了一個細節，可是一時半會兒偏偏想不起來。

「別咬手指，都幾歲了。」一刻看不下去地拍開柯維安的手。

柯維安嚇了一跳，接著感動地瞅著一刻，「小白，你這樣好像……」

「嗯？」一刻皮笑肉不笑地扳折手指，當場讓柯維安識相地將來到舌尖的「媽媽」吞了回去。

「好像我家老媽跟老哥喔！」結果是蔚可可心直口快地說出來。

一刻當然不可能像對待柯維安般對待蔚可可這個女孩子，但一記爆栗還在容許範圍內。

接下來就見到蔚可可抱著腦袋，淚汪汪地縮在一旁。

「宮一刻，你對人家姑娘也太粗魯了。咱眞是沒辦法理解，你這個野蠻人居然能手捧那麼多花，還連草都有。」畢宿發出不平之鳴，她手扠腰，吊吊的大眼睛瞪著一刻。

後者則是一頭霧水地反瞪回去。

「咱明明也一級棒啊！桃花竟然輸給你？咱不管，把幾朵花分給咱，草就不用了，你自己留著吧。」

「鬼才知道妳在說什麼花什麼草的……自己不會下去摘一摘嗎？利英的花圃就一堆了。」一刻完全搞不懂畢宿是爲了哪一點在惱怒，不過他還是不甘示弱地瞪視。不管怎樣，氣勢都不能輸。

畢宿就像聽見天方夜譚般張大眼，然後放下扠腰的手，憐憫地嘆口氣：「遲鈍啊，宮白毛。」

「小白很遲鈍。」柯維安竊笑著說。

「超遲鈍。」蔚可可在旁點頭作證。

曲九江也諷刺地哼了一聲，「遲鈍。」

「我應該要……加一嗎？」秋冬語舉起手。

「哎呀，被攻擊了呢，宮一刻。」范相思手撐著下巴，好整以暇地看著一刻。

白髮男孩的臉色從黑轉青，眼看就要向猙獰邁進。

說時遲、那時快，安萬里按住那隻冒出青筋的手背，笑顏溫和：「小白乖，遲鈍也不是什麼缺點，只要在關鍵時刻敏銳就好了。」

俗話說伸手不打笑臉人，尤其面前還是自己尊敬的學長。一刻累積的怒氣登時像被戳了一個洞，快速地「咻、咻」流失。他自暴自棄地垮下肩，不想再去理會那票混蛋朋友。

「柯維安，回去你就知死了。」不過一刻還是陰森森地向柯維安扔出威脅。

柯維安的竊笑變成像被掐住脖子的呻吟，「等等等等一下！小白，爲什麼只有我？」

「因爲你遜。」曲九江漫不經心地說，「還有你只是室友B。」

「靠！室友A就了不起嗎？」柯維安氣急敗壞地回嘴，對方那張「反正你就是這地位」的嘲諷表情實在讓人超火大。

要不是清楚自己的戰鬥力輸人一截，柯維安早就撲過去了。

「冷靜些，小朋友們。你們再鬧個不停，我就要喊你們『女孩們』了。」將局面穩定下來的是安萬里，他笑容可掬地推推鏡架，但染成青碧的眼眸有種可怕的魄力。

頓時，只見柯維安和曲九江都安靜下來。

「很好。」范相思單腳跳了起來，隨手抽出一把劍影作爲支撐用的拐杖。她穿過紫光劍影搭起的堡壘，來到頂樓天台的圍牆前。

向下望去，利英高中大半景色盡收眼底。

金耀的陽光底下，一棟棟林立的校園建築物仿若要燃上了火。

范相思回過身，貓兒眼灼灼，「別人都遞挑戰書了，哪有不應戰的道理？既然連幕後黑手也一起被關在這裡出不去，當然要趁機一網打盡囉。宮一刻，你覺得要怎麼做？」

「那還用說嗎？」一刻扯開凶悍野蠻的獰笑，「當然是揍給他們死！」

毫不退卻的宣言鏗鏘有力地砸下。

此時距離晚間十點，還有六個多小時的時間。

第十章

等待總是漫長的。

隨著日光轉為餘暉，再被逐漸佔領天幕的黑藍色吞噬，夜晚時分終於正式降臨。

雖然利英高中允許學生申請留校到十點，不過或許是才剛開學不久，學生們尚未完全收心，沒有多少人為了社團或晚自習而留晚。

甚至不到九點多，那少數的留校學生也散個精光。

偌大的校園頓時被大片寂靜包圍，沐浴在夜色與陰影中的建築物宛如某種龐然異獸，瞬也不瞬地俯視著在底下穿梭行走的外來客。

不同於繁星大學即使在半夜依然亮著校內路燈，利英高中此時的照明幾乎全部暗下，只剩幾個樓梯間還留著燈光。

只是微泛青白的光芒，反倒替夜間增添了幾分陰森氣息。

此時距離十點整大約還有十分鐘。

一刻等人早在校內學生散得差不多時，便開始在學校各處逐一檢查，確保眞的沒有漏網之魚，以免有無辜學生被捲入他們和引路人、符廊香的戰鬥。

根據范相思所說，神使結界的構成其實相當複雜。一般若是圍起，可以預防現實中的事物遭到破壞，也能使得與事件無關的普通人不被捲入，他們會下意識避開那塊區域。

就算有人被圈進結界裡，只要沒有和事件扯上關係，那麼人們自然也不會察覺到異狀。但反過來說，一旦和事件扯上了，神使的結界便無法將之排除。

就如乞月祭中的符家人，他們被操縱、被利用，也就等於和瘴異建立起因緣之線，神使結界在他們身上只能失效。

也就是如此，一刻他們才要特別檢查清楚。

而除了一刻、柯維安、曲九江、安萬里、蔚可可、秋冬語和畢宿外，范相思仍待在專科大樓的頂樓。

范相思表明那裡是利英高中內的制高點，上空如果有什麼動靜，都可一舉收納眼中。假使引路人他們想利用畢宿結界消失的瞬間衝往空中逃離，她也能在最快時間裡做出反應，和底下的一刻等人展開夾擊。

這時，柯維安別在耳朵上的藍芽耳機傳出清脆話聲。

「如何，到約會地點了嗎？」

是范相思，她的語氣還是那樣氣定神閒，彷彿他們接下來要面對的，只不過是微不足道的小事。

「約會地點聽起來也太讓人起雞皮疙瘩了……」柯維安搓搓手臂，娃娃臉皺成一團，「我絕對不想跟那兩位約會的……」

頓了下，柯維安轉頭對身旁同伴做出口形，表示是范相思在和自己通話。

「唔嗯……咱也不太想和你們口中說的符廊香約會。」畢宿摸著下巴，在一刻和蔚可可聽來，可說是語出驚人了，「咱可不喜歡個性差的姑娘，咱也是很挑的。」

一刻用眼神強烈表達他一點也看不出來。

自他和畢宿認識以來，他就只見畢宿撲向女孩子，畢宿向女孩子伸出魔爪，畢宿闖進女子更衣室……不，等等，這個刪除，他老是會忘記那傢伙的性別是女的。

「喂喂，宮一刻，你這是不信任咱嗎？」畢宿斜眼一瞪。

「但妳喜歡織女，那丫頭有時候可是超任性。」

「那不一樣，織女大人太可愛了，可愛就是正義！」

馬的，結果前後矛盾嘛！一刻被噎得啞然。

「唷，咱說得太有道理，佩服得說不出話來啦？」畢宿得意地昂高腦袋，背後的尾巴也一併甩晃幾下，「看在你佩服的份上，宮一刻，咱特別唱個歌，順便幫你們活絡一下氣氛吧。一群男人還死氣沉沉的，太沒勁了。」

「住口！」

「還是不要好了！」

這一次，一刻和蔚可可幾乎同時喊了出來。

尤其一刻還眼明手快地從柯維安背包裡翻出棒棒糖，飛速塞進畢宿的嘴巴。

「畢宿的歌聲，很令人意外嗎？」安萬里被兩名學弟妹的反應引起了興趣，但他的措辭仍相當有禮，不會讓人產生不被尊重的感覺。

「呃，其實還不錯……」蔚可可猶豫地說，「只是……」

「只是她會把一首歌改得亂七八糟的。」一刻面無表情，「兩隻老虎都有辦法唱成兩個美女，活像是性騷擾歌。」

「哼，咱明明改得很好。」畢宿舔舔棒棒糖，吊高的大眼有著不服氣，可棒棒糖似乎真的轉移她對唱歌的注意力，「而且啊，敵人都知道咱們要來了，保持安靜也沒啥意義嘛。」

「不，我們不說話是爲了聆聽有沒有異樣的動靜。」安萬里笑笑地解釋，他知道畢宿只是隨口說說，不是特意針對，「九江學弟，你有聽到或聞到什麼嗎？」

曲九江本來想無動於衷，但一刻對他投來警告的一眼，要他別沉默裝死。

……麻煩。曲九江心中滑過這兩字，漠然地對上安萬里的視線，給出了一個再簡潔不過的答案。

「沒。」

沒有異樣的聲音，沒有異樣的動靜。

「先不管那個引路人，咱可以肯定符廊香還沒現身。咱的鼻子啊，對女孩子的一切都很靈敏的。」畢宿含著棒棒糖，含糊地說，臉上染著自豪。

這點，一刻倒是從不懷疑。

行政大樓前的前庭很快就到了，那裡也緊鄰校園正門的空地，同時緊鄰的還有亮著燈的警衛室。

好巧不巧，警衛正從裡頭走出來，手上提著手電筒，明顯要進行校內巡邏。

一刻等人藏身在陰影裡，幾個人互看一眼。

最後一刻彈下舌，決定使用最簡單粗暴的方法——打暈對方。

出其不意地接近警衛，對神使來說完全不難。尤其一刻身手格外矯捷，眨眼間，就將那名高壯的身影放倒，丟回警衛室裡關著。

「行了，直接布下神使的結界吧。」一刻拍拍手，「至於監視器拍到的畫面……」

「晚點就交給我負責吧，甜心。」柯維安露出一抹狡猾的笑容，從背包裡抽出筆電。

沒有遲疑，一刻和柯維安馬上張開神使專用的結界。

前者扯下一截隨身攜帶的白線往上拋，後者則是五指靈活地敲打鍵盤。

在清脆、富有節奏的「卡噠卡噠」聲中，扔出的白線往空中直衝，銜接成一個圓，復而漲大，緊接著成串的金色篆字從筆電螢幕裡飛出，加入了白線的行列。

如同白線漲大，金字也環成一個碩大的圓，將利英高中納入底下。

當所有景物產生疊影再消逝，兩名神使聯手架起的結界已經布置完成。

一切發生在結界內的破壞都不會反映到現實上，外邊的人們也不會覺得這所學校哪裡有異。

就在結界完成的下一秒，響亮悠長的鐘聲猛地劃破校園內的寂靜。

與此同時，畢宿大力咬碎棒棒糖，炯炯有神的雙眸閃過銳光。

她說：「來了。」

來了。

什麼東西來了？誰來了？

不須多此一問，答案立時呈現在一刻等人眼前。

前一瞬間還空無一物的空地上，驀地從底下滲出一灘黑暗。

黑暗像液體般汩汩溢出地面，剎那間飛快揚起，在空中像柔軟布料般扭轉，眨眼形成了一束人影。

覆著漆黑斗篷的嬌小人影從黑暗中伸出白皙的手，揭開了遮著大半張臉的兜帽。

「你們好啊，特別是維安哥哥，我可眞是想死你了哪。」那張可愛討喜的面龐上，綻放天眞爛漫的笑容。

然而一隻猩紅、一隻顏色渾濁的異色雙眸，卻是讓人見了不禁悚然。

斗篷少女終於在眾人面前露出眞面目。

那肖似柯維安的青稚容顏，以及紅茶色的髮絲，正是理當在符家就被鳴火消滅的——符廊香！

就算早有心理準備，可當柯維安再次親眼目睹那張和自己有幾分相似的臉蛋，仍是不由自主地從背後竄上寒慄。

眞的是符廊香，眞的是那名被「唯一」和瘴異雙重污染的鬼偶少女！

「妳沒死……爲什麼……」柯維安緊抱筆電，喃喃地問。

一見到那名少女，他的眼前彷彿又重現那日之景。

「這個問題問得不對唷，維安哥哥，我和你不是早都死了嗎？」符廊香咯咯笑起，愉快地見到柯維安臉上出現一瞬間僵硬。

情絲、傾絲；符邵音與符芍音。

可在她瞧見白髮男孩不加猶豫地將柯維安往身後一拉，換她的笑容些許扭曲了。

「死個屁！想死自己不會去嗎？啊？」一刻不客氣地反脣相譏，左手無名指橘紋如同呼

應情緒般閃爍光芒。

「或者，」接著說話的人赫然是曲九江。他像漫不經心地把玩著自掌心冒出的碎火，眼神傲慢又冷酷，「再徹底燒一次就好了。」

語音未落，曲九江眼眸轉銀，髮絲染成張狂的赤紅，掌心上的火焰更是迅雷不及掩耳地膨脹成驚人火球，直飛符廊香所立之處。

符廊香臉色一變，斗篷馬上裹起，全身像束黑箭般沒入地面。

符廊香的身影消失，可是她的聲音仍舊迴盪著。

「我跟情絲大人一樣，都討厭死鳴火了。明明只是個半妖，要不是有種族優勢，你以爲你能做到什麼？更好笑的是，你居然還是個神使？更該死的、可恨的——神使。」

潔白的手指尖猝不及防地從曲九江身後探出，陰冷的氣息彷彿要凍著人。

「告訴我，你是怎麼做到的？你這個骯髒、血統不純的小半妖！」

清脆的少女嗓音被另一道粗嘎的嘶吼取代。

可是白藕般的指尖甚至還沒觸及曲九江的皮膚分毫，熾烈緋紅的火焰轉瞬間從曲九江的身軀及髮絲翻騰而出。

「套句小白常說的，我的事干妳屁事！」

「呀——」

尖銳的叫聲猛地爆開，白色手指像是落荒而逃地縮回。

柯維安沒有漏了這一幕，他的心裡掠過一抹違和感。

現在的符廊香並沒有實質的木頭身體，可是，爲什麼她怕火的程度看起來更甚以往？

怎麼回事？有哪裡不對勁。

「好過分，這可眞的是太過分了呀。」少女聲音再落下，反射不出一絲光澤的黑暗這次由半空中滲染出來，再重新塑爲人形。

符廊香眼中的驚悸消失，臉蛋上又洋溢著歡快甜美的微笑。

「維安哥哥。」符廊香輕歪著頭，那模樣看起來有絲天眞，可是襯著那雙異色眼眸，反倒是詭譎感更爲強烈。「你們不是想知道我怎麼會在這裡嗎？可以呀。」

「因爲鳴火燒的不是完整的我呀。」

符廊香抬起頭，五指抵著心口，眸子裡閃動奇異的光采。

「我是鬼。」

「我是瘴異。」

清脆與粗厲的聲音都出自同一張嘴。

「瘴靈融合的感覺非常好。」

「我可捨不得輕易放棄。」

「而且爲了我等的『唯一』，我等留下可以做更多的事。」

「更多的……」

「讓更多的力量都成爲『部分』。」

符廊香的眼瞳愈發灼熱，像獲得喜愛玩具的天眞孩童。

「所以啦，維安哥哥，我放棄讓你再變回鬼了。你得要成爲部分，可是我又想死你了。我是如此的、如此的，希望、渴望、願望……」

符廊香忽地就像是竊竊私語般放輕聲音。

「那是欲望，我的欲望，我啊……我想要你死啊！」

符廊香高亢大笑，天眞的面龐上是扭曲又純粹的惡意。

黑色斗篷刹那間翻掀，在符廊香扭身躍向空中的同時，一隻異形般的漆黑大爪也猝然探出。

大爪的掌心中央再分裂數瓣，頓如撕裂開的觸手，搶先攻擊了柯維安與一刻的方向。

但是，一道光幕硬是快一步攔堵在觸手和一刻他們之間。

「下雪了，上帝睡著了，沒人知道你是人還是魔。」（出自《孤兒與食人魔》）

白光伴隨著沉穩男聲溢出，迅速伸展，從上、左、右三個位置再轉向延伸，顯然要將符廊香的活動範圍封堵住。

「哎啊，我可不想跟守鑰的結界硬碰硬。」符廊香咯咯笑著，手臂瞬時合攏。她絲毫不戀戰，又或者說她那一下更像是耍弄人。

符廊香抽身速度快若鬼魅，一晃眼就脫離守鑰結界的勢力。

「我是鬼，我是瘴異，我是符廊香。那麼引路人呢？引路人提燈引路，不能輕易回答，不能輕易應允。他是我和情絲大人當初做的人偶。潭雅市最初的引路人早已不存在，可是傳聞不會徹底消失，語言有力量，聲音有力量，它們會繼續在口耳中相傳，終至死灰復燃。」

符廊香躍入夜中的身影像要與那份深闇融爲一體，斗篷下襬如夜之花盛綻。

她的聲音似少女歌唱，似野獸嚎叫。

「我們收集尙未成形的傳聞，將人們相傳的怪誕語言凝聚於木頭上。人偶起初難以成功，但最後終於在潭雅市成形，獲得了血肉意志，遵從命令，一切都是爲了『唯一』。然而你們傷我人偶，使之逃逸至利英高中。可是維安哥哥，你們知道嗎？」

那輕巧的黑色人影踩立於虛空中，白皙的食指豎起，置於摻染著甜蜜笑意的唇畔。

「爲什麼引路人偏偏逃於此？他當眞是逃到這地方來嗎？乏月祭的守護神傳聞是他部分，引路人的傳聞也是他部分，他會選擇傳聞出現之地作爲據點。倒數第二個問題。」

符廊香的嘴角向兩側揚起，拉開一抹歪斜如新月的不祥微笑。

「利英高中，是否有什麼傳聞呢？」

身為利英校友的一刻最快反應過來。他瞪大眼，頭頂宛如有盆冰水驟然淋下，後背刷過顫意，他想起不久前才和畢宿他們說過。

十點十分，一樓社團教室的靈異電話！

瞬間響亮的鐘聲再度迴盪在整個校園，那正是十點十分的鐘聲，也是一日裡的最後一次鐘響。

悠長的鐘聲中，符廊香的笑語卻清晰可聞。

「最後一個問題是，引路人在哪裡呢？」

符廊香柔軟無邪的嗓音方落，柯維安的藍芽耳機裡猝然響起范相思的大叫。

「社團教室中庭有異！」

「小白，社團教室中庭，范相思說不對勁！」柯維安不敢遲疑地喊道。

「幹！」一刻的回答只有一字，拔腿就往社團教室衝去。

鐘聲尚未結束，多條矯健的人影已飛速趕至目的地。

成排的社團教室燈都是熄的，可卻有足夠光源照亮本該被陰影覆蓋的教室前空地。

趕到此處的一刻等人不禁屏著氣，眼中或多或少流露出驚愕。

近十盞無人持握的長柄燈籠停於空中，燈火靜靜搖曳。而在被燈籠包圍的中央地帶，不知何時展繪了一大幅古怪的圖陣。

彷彿有誰趁無人之際，偷偷在水泥地面大肆揮灑。

當柯維安看清那個大陣的結構，有如當面捱了一拳。他緊捏住手指，呼吸聲無法自已地變得短促，腦海中四散的碎片卻也聚合成完整的圖案。

「小安？」蔚可可離得近，注意到娃娃臉男孩的異樣。

一刻也馬上轉過頭，「柯維安？」

「我沒事，眞的……」柯維安擠出笑，試圖讓自己的聲音不要太過沙啞，「我只是想到了……符廊香是怎麼製作人偶的，是符登陽的知識……情絲和符廊香利用了符登陽的知識，收集傳聞，再以木頭爲身。因爲這個陣法……」

柯維安的眼神躍出凶狠，近乎咬牙切齒地喊道：「就和當年符登陽爲了製作鬼偶時所繪製的，有著相同的基本結構！」

「你眞聰明呢，維安哥哥。」

愉快的少女笑聲自黑夜一角穿出，但環視四周卻不見符廊香的行蹤。

同時，陣法中心驀地湧滲出黑暗；比黑夜更深的黑，比暗影更深的暗。

黑色物質像是葉脈，往四面八方伸展糾結。

校內的鐘聲已將結束，可周圍竟隱約響起稚嫩的空茫歌唱。

啊啊……乏月祭，不見月。燈指路，山道行。符家人，拜著鬼。

夜間的歌聲混著鐘聲，詭譎無比。

符廊香仍在說話，「你們對引路人造成傷害，害我必須修補，幸好只要設法讓傳聞的條件符合就好。沒有條件，那就自己製造出來。潭雅市的都市傳說，乏月祭的亡靈歌謠，最後則是——」

鐘聲靜止和符廊香的最後一句話落下，是同時間發生的。

「利英高中的不可思議。」

瞬間，漆黑靜默的社團教室霍地齊齊爆出了刺耳的聲響。

鈴鈴鈴鈴鈴——

一樓社團教室內所有電話瘋狂大響，尖銳的電話鈴聲一聲高過一聲。

彷彿受到這些聲音的催化，圖陣中的黑暗轉眼層層堆疊，迅速砌出一株駭人大樹。表面似血液凝固後，樹枝有若指骨分岔，樹間更是垂吊眾多偌大的果實。

曾在引路人空間經歷過相似情景的一刻等人臉色瞬變。

「曲九江，燒了它！」一刻厲喊。

曲九江的皮膚紅光一閃，旋即狂揚的緋紅烈焰破空飛出，直衝向那棵大樹。

火焰不偏不倚衝撞上去，樹木竟像虛影般，一下子就化爲漣漪擴散。取而代之的，是每一盞懸立的長柄燈籠都被一隻冷白色的手持握住。

「小白，我現在眞的超級痛恨複製人大軍這類玩意了……」柯維安呻吟一聲。

十盞燈籠，十名引路人。

紫髮少年集體摘下臉上的半截面具，猩紅微帶幽藍的眼睛就像是無機質的玻璃珠，冷冰冰地倒映出一刻他們驚異的臉。

十名引路人的攻擊毫無預警。

似乎知悉敵人中，那抹頭生雙角的身影最難纏，有三人乾脆一致地鎖定她爲目標，利用包圍將她與同伴分隔開來，手上生冒紫焰，焰火連綿如密集利箭。

「嘖嘖，派出三個人來對付咱，咱是不是該覺得榮幸？可惜啊，咱對你們的性別很有意見。告訴你們，咱只接受漂亮姑娘的熱情騷擾，男人通通給咱滾到一邊去吧！」

畢宿的指尖閃現金光，棒棒糖剩下的糖棍被她扔甩出去。

包裹著淡金光芒的細長物體就像一把鋒利小刀，精準地插進一名引路人的燈籠內。

燈火驟滅，此舉似乎對那名引路人造成些許影響，只見他的腳步停頓了下。

可也僅僅一下而已。

但這極短的空隙，足以讓畢宿應變了。

外形仿若少年的女孩咧開野性十足的笑容，虎牙露出，右手霎時握住平空生成的金屬法

杖。

法杖迅雷不及掩耳地朝著燈滅的引路人刺出，接著像是有所防備，那具矮小的身子以超乎想像的靈敏扭轉，左手瞬間也是一柄金屬法杖，反手就朝斜後方一記捅刺。

杖上的圓環隨著一氣呵成的動作，震晃出清冽的音響。

倘若不是從畢宿斜後方偷襲的引路人閃避得快，法杖的尖端就會毫無窒礙地一刺到底，從他的前胸貫穿到後背去。

只可惜，這記凶猛的攻擊還是落空了。

畢宿卻也不惱，眼眸炯亮如火把。對她來說，只要最後結果是她站著，那麼中間的失敗都微不足道。

畢宿飛快瞥視他處，確認其他人皆能應對引路人的攻擊，便將心思轉回自己的戰鬥上。

她相信那些年輕孩子們，那可是宮一刻和他的同伴！

「你們要是小看牛郎大人和織女大人的孩子，咱就只能爲你們哀悼啦。」嘴上吐出游刃有餘的調笑，畢宿手上的攻擊則是愈發凌厲猛烈。

法杖在她雙掌間宛若活物，時而霸道，時而刁鑽，詭異多變的刺擊令人防不勝防。

但三名引路人很快就發覺一個破綻。

畢宿的法杖看似氣勢懾人，實際上造成的傷害卻比預想中來得小。

燈火熄滅的引路人看著在自己身上迸裂開的傷口，蒼白的面容沒有一絲波動，從唇中滑出的粗厲嗓音染著興奮。

「太弱了、太弱了。」瘴的聲音在說話，「和中午時完全不能比，你的神力衰弱了嗎？你這弱小、醜陋的蟲子！」

「醜陋？這兩個字難道不是該還給你？咱可是玉樹臨風、瀟灑萬分的畢宿大人！」畢宿野蠻的笑容趨近猙獰，在三方同時夾擊下，不假思索地將法杖拄地。

法杖柄端一觸及地面，登時晃漾出一圈金光。

金光一沾上引路人的鞋尖、足尖，立刻像火焰般燒灼上去，逼得引路人們只能後退。

抓住機會，畢宿縱躍上法杖頂端。只比針尖大上不少的面積，在她腳下宛若平地。

畢宿一張手，掌心間又是一把新的金屬法杖成形。

「咱可是早早就想說了，那個非人姑娘，別躲在暗處偷看，下來跟咱一起玩玩吧！」

法杖迅速地扔擲向夜空一角。

本該是空無一物的夜色頓時遭到撕裂，一抹黑影敏捷滑出，避開了緊接而來的另一把金屬法杖。

「我不想跟你玩。」符廊香步伐輕巧地接連再退。

待三名引路人擋在她前方，長柄燈籠像是碎屑般崩散形狀，再凝成兵器外形的紫色火焰

後，她的十指忽地抬起一個高度，無數絲線纏繞於她的指間，那些絲線同樣也裹覆著黏稠的黑暗。

符廊香像是指揮般揮動雙手，細白手指如蝶飛舞。

「你和我的人偶們玩吧，我覺得你們能玩得更加愉快呢。」

伴隨著符廊香指間絲線靈活舞動，畢宿的目光驀地被吸引至某個方向。她嘴角的笑意消失，向來有著好勝光芒的眼睛大瞪。

就在這瞬間，引路人凝爲利刃形狀的紫焰無聲無息逼來，只要再數秒，就會安靜殘酷地沒入畢宿體內。

符廊香的微笑擴大。

可沒想到，一束白光在千鈞一髮之際到來。

白針自身散發出的光芒如此凶悍，不留餘地地將紫焰一口氣吞噬。

符廊香的微笑轉爲惱怒。

「畢宿！」白針主人也趕至畢宿身後。

一刻背抵靠畢宿的後背，白針在吞噬火焰後便散爲光點，重新在他的手上成形。

「妳他媽的在分什麼心？別跟我說妳這時候還想盯著女人看！」一刻緊盯前方的引路人，頭也不回地斥罵道。

他負責的引路人已被他消滅了，但當他一轉頭，望見的就是畢宿身陷險境卻還不自知的畫面。

那瞬間，一刻的身體比大腦快一步行動了。

然而遭到嚴厲斥罵的畢宿沒有回應。

「畢宿？」一刻感到有異，馬上再追問。

「宮一刻，咱是在看女孩子……問題是，意義和你說的完全不一樣哪。」畢宿的聲音聽起來像是在苦笑。

什麼意思？一刻心中瞬凜，想要回頭，但引路人緊迫盯人地即刻發起攻擊。

他們蒼白的皮膚燃起碎焰，妖異的紫色火焰瞬息間再成鋒利武器，毫不留情地就要直取一刻的要害。

只不過還未等到一刻動手，就有另一束碧綠和緋紅穿透了其中兩名引路人的身軀。

鋒利的箭鏃破開了引路人的前胸，另一名引路人則是轉眼被壯大的烈火吞沒。

至於第三人，他維持一個欲攻擊的姿勢，就像一尊凝固的雕像，腳下不知何時有著一筆金豔畫過。

下一剎那，這名引路人的身體就被攔腰斬成兩半。

收攏的蕾絲洋傘比任何刀刃還要鋒銳。

「小白！」

「畢宿！」

柯維安等人也從各方角落圍靠至這裡。

一刻沒有馬上回應自己的同伴，他在轉過頭望向畢宿所盯的方向後，也像是在剎那間失去了發聲能力。

有更多人影從另一端角落魚貫走出。

隨著他們身上的陰影剝離，不單是畢宿、一刻，就連柯維安等人也啞然無聲。

走在最前端的又是一名引路人，可在他身後，是數十名仍身著制服的男女學生們。

這些年輕人面無表情、雙眼空洞，四肢處有多道漆黑絲線緊緊纏縛。

看起來就像是，人偶。

第十一章

「啊，怪不得我總覺得少了一個。」

安萬里從另一方也一步步走來，被他遺留在後頭的，是被方形光壁封閉在裡頭的紫衣人影。

那是守鑰的結界。

就在安萬里站定腳步的剎那，光壁也猝然往內擠壓，抹殺了裡頭的存在。

「十名引路人，來對付我們的只有九人。」安萬里推扶下鏡架，聲調平和，只是唇邊的微笑不復和煦，只餘鋒利。

「但我比較好奇的是，這些學生躲藏在哪裡？畢竟我沒記錯的話，我們分明是把學校都檢查了一遍。教室、辦公室、圖書館、體育館……我們遺漏了哪裡嗎？」

教室、辦公室、圖書館、體育館……蔚可可的思緒也隨著安萬里唸出的地點拚命運轉。

他們大夥兒分頭檢查，她和小語檢查那些大樓時，甚至連廁所也沒放過……廁所？

等等，該不會就是廁所！

蔚可可靈光一閃，忙不迭地急急喊道：「宮一刻！你們有檢查廁所嗎？」

「廢話！我們當然有……操。」一刻表情倏地鐵青，他想到他們遺漏什麼了。女廁。

他們該死的跳過了女生廁所！

「馬的，是女廁！」一刻幾乎想給自己一拳。

再也沒比擁有獨立隔間的女廁更適合藏人的地方了。

「哎啊，恭喜猜對了，獎勵就是──和這些可愛的人偶玩喔。忘記說了，他們也不是普通的人偶呢。」

符廊香十指揮舞出輕快的弧度，色澤髒污的黑絲跟著擺晃。

與此同時，學生們的身體也像受到扯動。他們筆直地揚高頭，眼中的烏黑驀然渲染出點點猩紅，隨後暗紅擴大，化為一雙雙不祥的血色眼瞳。

緊接著，黑氣自他們體內源源冒出。伴著黑氣的纏捲，屬人類的軀殼潰散。

站在引路人身後的學生們，眨眼間變成了不成人形的漆黑怪物。

它們的紅眼亮起駭人光芒，身上散發出身為神使的一刻等人絕不會錯認的妖氣。

那是──

「瘴異。」引路人在面具下的嘴巴咧開，像是新月的微笑。他的聲音如今不是空茫也不屬粗嘎，而是如同符廊香的黏稠惡意。

如果說他先前還像是人偶，這一刻的他，就像是披著人皮的瘴。

「你們是如此稱呼我等進化的同胞。但只要喚醒『唯一』，我等也終會進化。願望、希望、渴望——現在，爲我等獻上所有的欲望！」

非人般的可怖吼聲自引路人嘴中發出，那纖細的身影瞬間燃起妖異紫焰，焰火從他的皮膚下源源不絕冒出，一剎離就化作猙獰火蛇。

數十條火蛇與擁有怪物外表的瘴異，來勢洶洶地衝向一刻等人，並且一口氣將聚在一起的他們猛地衝散。

「維安哥哥的朋友，來玩吧，我來陪你玩。你上次在符家如何對我的，我呀，會好好地奉還給你呢。」符廊香像是天眞孩童般咯笑，可是從斗篷下伸出的右手立即就像食人花分展數瓣，每一瓣再延伸，飛也似地纏向被一隻瘴異拖住的一刻。

自眼角瞥視到那直衝自己的攻擊，一刻彈了下舌，一針刺中瘴異的粗大手臂，趁對方吃痛畏縮的瞬間，腳下粗暴一掃，緊接著借力拽扯住那具比自己高大的身軀，他的眼瞳凶狠，臂上青筋浮冒。

「還你老木啊！」一刻霍然施力，霎時將那隻瘴異狠狠拋扔出去，正好砸往符廊香手臂探來的方向。

符廊香只能硬生生收住攻勢，否則那幾瓣觸手咬上的，就會是自己的人偶。

「妳現在是要還三小？」一刻露出白牙，笑容猛獰，看起來像出柙的野獸，「瘴異操縱瘴異，人偶操縱人偶，在我眼中看來就是靠杯的笑話。」

「笑話？那我就要看看你是不是還笑得出來？」符廊香不怒反笑，摔在她前方的瘴異搖搖晃晃地爬起。

可同一時間，一刻身後也有一抹身影悄然接近。

「我的人偶啊，撕裂他，讓他破膛爛肚，讓他死無全屍！」符廊香舞動十指，黑線又是劇烈擺動。

一刻第一時間便察覺到後方有氣息靠近，不假思索就要旋身反擊，可對方的速度卻比他預估的還快。

在一刻真正做出反應之前，粗細不一的樹根赫然已自後纏上他的身體。那似血海凝固的不祥顏色，讓他猛地意識到偷襲自己的不是瘴異，竟是引路人。

「你可以動，但你也能看看是我的火焰快，還是你的動作快。」引路人的嗤笑幾乎貼在一刻頸後。

宛如要證實自己所說無誤，引路人的話聲一落，樹根的表面也乍然冒出火焰。

紫色的焰火飛速遊走在樹根外層，沒有燒燙上一刻的皮膚，可是灼熱的溫度無一不是威脅。

「我覺得，」一刻臉上沒有露出絲毫懼色，相反地，他的笑愈發凶猛，「當然是……老子的同伴更快！」

話未竟，一刻霍然低下頭。

「什……」符廊香只來得及發出一個音，本能已在大聲叫囂，催使她反射性散成黑氣。

眨眼間，一束金艷高速刺來。

符廊香躲得及時，可是準備撲向一刻的瘴異當場被戳個對穿。

一刻身後的引路人千鈞一髮地驚險閃開，只是他的半身仍被濺落下的金墨沾上。

比火焰還要灼熱的疼痛，立時讓引路人發出了痛苦的嘶吼。

但另一道野性嗓音卻神出鬼沒地到來。

「嘖嘖，捆綁撲累這種重口味的玩法，咱要說，這樣可是一輩子註定都不會有女人緣的。」

引路人按著受創的肩胛愕然抬頭，當場撞進一雙熠亮的黑眼睛裡。

畢宿展露虎牙，法杖尖端毫不留情地直戳下來。

引路人急急散為紛飛的紫蝶群。

縱使法杖威力不大，可是對準頭部也會造成重傷。

「小白！」柯維安奔至掙脫樹根的一刻身邊。他喘著氣，迅速上下掃視一遍，確定沒有

哪裡被燒焦才鬆口氣。

「我沒事。」一刻嘴上給予安撫，隨後望向畢宿，「畢宿，妳就不能變出槍嗎？妳的武器不是長槍型態？」

「咱的槍就跟男人一樣，只有一把啊。」畢宿咂咂嘴，晃晃手上的法杖，「咱不是跟你說了，大半的力量都拿去固結界了，連槍也插在結界上當陣眼，現在只能變出法杖來。」

「也就是說等結界解除的話，畢宿就能發揮實力了？」柯維安抱著自己的毛筆，富有求知精神地問道：「是說，我剛覺得畢宿好像開了黃腔……是我的錯覺嗎？」

「那該死的當然不是你的錯覺。」一刻厲了言行舉止全然比男人還要粗魯的畢宿一眼，「先不管畢宿說什麼五四三，符廊香的線是怎麼回事？她當初明明沒這能力。」

「線的顏色有點像六狼蛛，但又不是……而且那種操縱方式……」柯維安的音量突地放輕，「讓我想到……」

「情絲。」一刻冷聲地蹦出兩個字。

符家的乞月祭事件距今才結束沒多久，當時的一切對一刻來說，仍是歷歷在目。

符廊香操縱其餘瘴異的手法，令人想到那名冷酷顛狂的青髮女子。

但她的絲線色澤卻是渾濁的黑。

一刻等人沒有再進一步討論，因為新一波攻擊隨著敵人的迫近急速到來。

四散的紫焰猛然歸攏，凝成有著利齒、尖爪的猛獸形態。

「部分部分，快點成爲『唯一』的部分。」

「爲了『唯一』！」

瞬間像有無數哮聲齊齊喊出。

瘴異們在嘶吼，瘴異們在咆哮，猩紅色的眼睛就像夜間異火。

「讓我等將你們這些惹人憎厭的存在，全部吞噬！」符廊香的半邊臉頰鑽湧出縷縷黑氣，「吞得一點也不剩啊！」

平坦的地面猝地震晃起來，生出引路人的陣法中心，居然再次渲染出黑暗。

黑暗如潮水湧冒，接著糾纏交錯凝爲實體。

表皮粗糙、色澤看起來像摻了血水，那不再是純粹的黑暗，那是猶如活物的危險樹根。

可是在這片動亂中，有誰的嗓音輕快如鈴鐺敲響。

「哎呀，要是眞被妳吞了，那本姑娘跟畢宿還有安萬里，可就要丟臉丟大了。而且，這要我以後怎麼再好意思向人勒索呢？」

符廊香大驚，立刻循聲仰頭，她的瞳孔收縮。

在她全然沒有察覺之際，上空竟是神不知鬼不覺地布滿鋒利劍影。

其中一柄劍影上還坐著人。

那人托著腮，嘴角噙著狡黠的笑意，鏡片後的貓兒眼似乎也閃著明亮的光。

不待符廊香驚愕地質問出聲——她爲什麼會在這裡？那個劍靈不是狀況不好，才待在專科大樓頂樓嗎？——范相思五指舉起，毫不猶豫地揮下。

環立在空中的劍影像驟雨急下，頓時先發制人地釘穿了地面上所有樹根，使得它們彷彿被打中七寸的黑蛇，只能在地面上掙動不已，卻終是無法擺脫。

「一下子出現那麼多瘴異，的確令人有點措手不及。」安萬里沉穩的聲音也加入，「不過要是眞的控制不住場面，那我們這些做大人的，可眞的要像范相思說的一樣，太沒面子了。符廊香，妳做足了準備，爲什麼會覺得我們這方就會毫無防備？」

「我當然不可能眞的傻呆在大樓上，只是先按兵不動，再適時發動。」范相思笑盈盈地說，「本姑娘的劍影暗中布置得不錯吧？不過我們公會的小朋友，也不輸人哪。」

符廊香一震，這才驚覺到一直被她忽視的另一端，戰鬥在不知不覺中也已來到尾聲。

幾名恢復原本外表的學生一聲不吭地倒在地上，還有幾名瘴異被關在淡白色的光壁內。

安萬里從容不迫地拂了拂袖上沾到的髒污，身後的秋冬語執握蕾絲洋傘；蔚可可拉弓搭弦，瞄準符廊香那方；而曲九江手持雙刀，張狂的妖氣消隱，取代的是白紋攀附在下頷及臉頰部位，環繞在身周的盡是神力氣味。

相較之下，符廊香這方僅剩她自己和引路人。

眼見局勢逆轉，紅茶髮色的少女只是面無表情，接著她唇角倏地上揚。

再接著，露出一抹甜蜜又惡毒的笑。

她說：「強制開出的洞，果然還是不同於欲望自然造成的空隙，瘴異的力量沒辦法徹底發揮。可是就算這樣，人偶也還是我的人偶呀。」

強制開出的洞……有誰也曾說出類似的話……

還有最後一句，是什麼意思？

語焉不詳的句子，卻讓一刻等人猛地竄上寒意。

下一剎那，那些應該失去意識的學生們驟然張開眼。

他們就像失了理智，發出不成字句的大吼，同時衝向在場所有神使。

而在那些學生的四肢上，絲線竟是未曾消失。

「不可能！瘴異不是被消滅了嗎？」蔚可可震驚地大喊。

面對沒有瘴異寄附的普通人類，一刻他們說什麼也不能以神使的武器下重手。可是就算將對方擊暈了，過不了多久，他們又會再度從地面爬起，彷彿不覺疲累，也不感疼痛。

「嘻嘻，就算打暈了也沒有用，他們身上還有我的線，大家都是我的人偶啊。除非你們殺了他們，就殺了他們吧。殺殺殺，就殺了這些虛弱可憐的人類吧。引路人，去幫我的維安哥哥，幫他一起殺。反正他……本來就是殺人者了呀！」

在符廊香歡快的咯笑聲中，停滯空中的妖惑紫焰霍然依聲行動。

它鎖定下方的學生身影，加快速度地朝下俯衝。那炙烈的高溫輕易就能帶給普通人嚴重的傷害，更遑論被吞噬進去，無疑會是致命的一擊。

「符廊香！」柯維安咬牙切齒地迸出厲喊。

但光憑聲音不能扼阻符廊香的行爲。她笑得愉悅如天眞孩童，直到她聽見一刻的大喝。

「曲九江，你的火焰！」

話音乍落的那瞬間，曲九江下頷處的神紋消失，緋紅火焰捲冒，狂猛地肆虐而出。

奪目的赤焰疾如風地迎撞上空中的紫色火焰，雙方就像極力對抗般僵持不下，不時濺射出星火。

符廊香像受到驚嚇般往旁退閃。

柯維安沒有錯過這一幕，一個極其荒謬的想法在此成形。

就在紫焰與赤焰空中拉鋸之時，校園裡的空氣倏地產生波動。

一圈又一圈的淡金漣漪像是貼著無形的屏障，不時在夜空中震顫。

「那是什麼？」一刻稍嫌粗暴地壓制住撲向他的女學生，驚詫的目光投向上方。金色讓他下意識想到柯維安，可是後者的臉上在目睹空中景象後，也流露訝然。

也就是說，不是柯維安……一刻心念瞬動，另一個人名馬上跳出。

是畢宿！

「咱先說了，想辦法別讓目標逃了，咱接下來可是分不了身的。」一杖將一名男學生掀倒，畢宿吐出口氣，「不管什麼人偶不人偶的，當眞以爲咱沒辦法嗎？別小看咱，金牛星啊！」

畢宿忽地拔聲大喝的同時，盤在夜幕中的金色漣漪霎時就像失去支撐地猛然塌陷。它們匯聚一束，仿若瀑布傾瀉，然後越縮越細、越縮越細……

當來到畢宿張開的手中時，那抹金色就像一層薄膜，貼覆在金屬法杖上。轉眼法杖轉變形態，頓成一柄威風凜凜的紅纓長槍。

畢宿立時將收回力量的長槍猛烈擊地。

數道金光應聲疾射。

金光精準無比地衝撞進每個被絲線操縱的學生體內，再由他們的皮膚底下滲冒出光輝，好似刀片般將所有綁縛在他們四肢上的絲線整齊割斷。

不再受絲線束縛的學生們登時接二連三倒地，徹底沒了動靜。

「你們這些可恨的、該死的……引路人，退！反正擋住我們的結界已經消失了！」見情勢完全脫出掌控，符廊香果斷地不再戀戰。她身形一轉，斗篷覆住全身，化作一束漆黑的箭矢直竄空中。

絢爛紫焰也即刻抽身而退。

只是有人的動作比他們更快。

在上方緊盯底下動靜的范相思，豈可讓他們趁勢逃逸。

「都沒交錢還走什麼走？就算交了，也別想走！」范相思掌心間光華流轉，又是數柄劍影如花旋放。

符廊香天眞的臉蛋上閃過狠毒，「不要以爲我看不出來，妳這劍靈的力量壓根就還沒恢復！」

「我沒說妳猜錯，所以啦……」范相思毫無被戳破的驚色，相反地，她就像是一點也不在乎自己的劍影會在短時間被符廊香破開，依然抬起手，再迅烈向下一壓，「主力可從來就不是本姑娘！」

像繁花盛綻的劍影足足有兩人般碩大，像牆又像盾，兜頭就是對著下方的符廊香和紫焰蓋下。

符廊香簡直想嗤笑對方無謀的行爲了。她不假思索地伸出異形般的黑色大爪，心想用不著幾分鐘，她就能將這中看不中用的屛障打碎。到頭來，那個蠢劍靈也不過是浪費時間……

時間！

符廊香的思緒倏地凍住，范相思前一瞬的調笑言猶在耳。

「主力可從來就不是本姑娘！」

不是她……那是誰!?

符廊香顧不得上方阻斷去路的劍影，猛地扭過頭，一束熾白筆直的光束正架搭在碧綠的長弓上，瞬也不瞬地瞄準上方。

等到符廊香意識到那不是箭矢，而是修長如劍的白針時，搭著弓、眼神凶暴的白髮男孩已鬆開弦線。

白針瞬如疾雷，勢如破竹地往上飛射。

瞄準的卻不是符廊香，赫然是化作紫焰型態的引路人！

那一針來勢洶洶，被拖在上空的引路人避無可避，退無可退。

就在白針貫穿紫焰的剎那，符廊香聽見有人說：

「不是說過了，這次要將妳徹底燒盡。」

那是冷澈傲慢的男聲，那是曲九江的聲音。

而且，就近在符廊香身側。

符廊香駭然轉頭，隨著她的眸子裡清晰倒映出那張狂耀眼的緋紅火焰，那張可愛的臉蛋第一次因恐懼扭曲了。

曲九江的火焰瞬間撕咬上符廊香那隻畸異的漆黑手臂。

紅眼的鬼偶少女發出前所未聞的淒厲尖叫：「不不不！啊啊啊啊——」

被斗篷包裹的纖細身影像失去平衡，頓時連同遭到重創的引路人一併自空中跌墜下來。

紫色火焰一縷縷散逸，最後留在地面上的，是臉上不再覆有面具的紫髮少年。

他的身體蜷縮，像失了力氣般一動也不動。眼眸半闔著，足以窺見裡頭不再是猩暗似血的紅，而是黏稠的墨黑。

而符廊香的哀號沒有停歇，她狼狽地撐爬起來，右臂上的赤火已燒至肩胛附近，映亮她臉上的驚懼。

緊接著，趨近瘋狂的神色蓋過那份駭恐，符廊香霍地做出在眾人眼中難以理解的行爲。

她將自己的整隻臂膀撕扯下來。

沒有任何躊躇，符廊香竟將燃著烈焰的臂膀狠狠撕下，彷彿那不是身上的一部分。

「什……」從空中落地的范相思也啞然。

「她……她爲什麼……」蔚可可震驚地擠出發乾的嗓音。

卻有人接著說話了。

「因爲她害怕曲九江的火焰，或者說，鳴火的火焰。」柯維安的聲音聽起來比蔚可可還沙啞。

沒有人質疑柯維安的話。

就在那隻漆黑大爪脫離符廊香身上時，先前被畢宿力量斬斷、散落在地面上的污黑絲線，赫然無聲無息地剝落成片片黑屑，暴露出底下的另一層色彩。

青色。

和情絲一族如出一轍的青色絲線。

雖然曾經懷疑過符廊香的操縱方式近似情絲，可是等到猜測成爲眞實，確切地呈現在眼前，包括柯維安在內，所有人仍不由得呆住了。

符廊香眞的是使用情絲一族的絲線？可是情絲和傾絲分明都已不在世上……

「爲什麼……」柯維安起初是自言自語的喃喃，隨後他壓抑不住翻騰的情緒，嘶聲大喊，「爲什麼妳會有情絲一族的力量？情絲明明早就不在世上了！爲什麼……符廊香！」

「呵……嘻嘻……哈哈哈！」符廊香摀著斷臂處，咯笑聲逐漸拔成歇斯底里的狂笑，「因爲我吃掉了！維安哥哥，我吃掉符邵音的骨灰，我吃掉你最愛的傾絲的骨灰，獲得了情絲一族的力量啊！」

那最後幾字已不若笑聲，而是宛如野獸的咆吼。

柯維安如遭雷擊，他覺得自己一定是聽錯了。這不可能……她怎麼可能……

「符廊香！」狂怒瞬間染紅了柯維安的眼，他再也控制不住理智地就要撲向那名殘酷大笑的鬼偶少女。

「柯維安！」一刻一個箭步衝上，雙臂緊緊扣住柯維安的肩膀。他看見柯維安的指尖又有金字浮閃，驚慄頓時直衝上心頭。

說什麼都不能再讓柯維安的失控影響張亞紫重新施下的禁制！

沒想到就在這個時間點，符廊香的斗篷下猝然暴起無數青絲。它們像鋒利的針之雨，迅雷不及掩耳地衝向柯維安和一刻。

「妳敢！」曲九江勃然大怒，嗚火的火焰立即飛速攔截，眨眼吞沒了泰半青絲。而來不及被火焰吞噬的絲線，則在下一瞬間撞上一層淡白色光壁，隨即被追上的烈火燒得一乾二淨。

可是符廊香卻咧出一抹詭異的笑，猩紅的眼瞳驀地燃到淬亮。

「我的目標可不是維安哥哥。」符廊香的聲音因顛狂的大笑顯得沙啞，她就像傾吐一個祕密般張啓唇瓣，「你顧了別人，卻偏偏忘了自己。把背後留給敵人，是最蠢的行爲呢。」

符廊香的紅眼像泛起滔天血浪，笑容也滲出不祥的血腥。

「守鑰先生。」

那是如此輕，卻又如此石破天驚的四個字。

寒意猛地沖刷上全身，並促使眾人連忙回頭。

安萬里俊雅的面孔仍保留著訝異，可是雙眼則因恍然而遽然收縮。

然而就算安萬里意識到符廊香口中的「敵人」指的是誰，也已經太遲了。

他的半邊身體被引路人化作的絢爛紫焰貫穿了一個窟窿，肩膀、手臂、胸側、腰間……在那裡的血肉霎時燃爲烏有。

「學長！」

「安萬里！」

「狐狸眼！」

在焦灼恐慌的吶喊中，紫焰靜靜減弱飄散，最終成了細碎火星，最後稀稀落落跌至地面上，消失殆盡。

引路人連灰燼也沒有留下。

「嘻嘻……哈哈……哈哈哈！維安哥哥，我們下次再見，也許我會再帶新的人偶給你！」趁眾人心神大亂，注意力皆被分散之際，符廊香驀然掌心拍地，身上斗篷像流轉的黑暗，將她全身再次包住。

黑影瞬如鬼魅，飛也似地逃逸至高空，轉瞬間消失得不見蹤影。

一刻等人驚覺對方的意圖時也已經慢上一步。

「該死！」一刻惱火地大罵，只能任憑白針散成光點。

符廊香逃脫已成爲鐵錚錚的事實。

一刻咬咬牙，旋即將這事暫且壓下，心急如焚地和其他人奔向安萬里。

幾乎失去半邊上身的黑髮男子跪倒在地，眼看就要往一邊栽下，畢宿眼明手快地撐住了他。

曾叨唸過一點也不喜歡和男性碰觸的畢宿，不但撐扶住安萬里，還讓自己成爲對方的靠墊，使安萬里不至於再次不穩倒下。

隨著一刻他們趕到安萬里身旁，他們也清楚看見對方身上駭人的傷勢。

那一片空蕩，簡直怵目驚心得可怕。

蔚可可反射性摀住嘴巴，就怕哭聲不小心溢出。

「狐……狐狸眼的……」柯維安認識安萬里至今，從沒見對方這麼虛弱。

神使公會的副會長，一直都是從容沉穩的。

柯維安喉頭湧上酸澀，他用力眨著眼睛，可聲音的哽咽仍出賣了他。

「副會長……」

「我還沒死呢，維安。」安萬里的微笑看起來格外蒼白，「雖然很嚇人，不過不會有事的……守鑰其實也有一點自癒能力，只是很緩慢就是，你們看。」

安萬里的嗓音比平時還要來得輕，可是話裡一如往常地有股撫慰人心的魔力。

下一秒，數名年輕神使注意到，安萬里失去血肉的半側身軀隱約飄滲出灰濛的霧氣，彷佛要將那斷面完全包覆住。

「看吧……」安萬里像是輕笑地嘆息，「但我得回去公會閉關休養了，也不是眞的閉關，就是好好休息療傷……不過關於『唯一』的封印，還有符廊香的事……」

「這些事等你半邊身體長回一半再來煩惱吧，本姑娘會留下顧好這群小朋友的。」范相思不客氣地打斷，她的站姿有點歪歪斜斜的。

曲九江在旁低哼一聲，似乎是不滿自己被人冠上「小朋友」一詞。

「放心，我不會跟老大討加班費的，但慰問金可就要給我一大筆了。」范相思的身子像是不穩地微晃，接著她乾脆一屁股坐下。

瞬間，所有人皆能看得清楚，嚇人的裂縫從范相思的繃帶下蔓延出來，直至膝蓋處。

「對了，宮一刻，看在你們也辛苦的份上，就不跟你們勒索了。可是房東大人，務必讓我吃好、喝好喔。」

「靠……絕對養肥妳。」面對范相思笑吟吟的貓兒眼，一刻惡狠狠地撂下挑釁，不過一直緊繃的身子，確實隨同那一席話稍微放鬆了幾分。

「好了，現在大概剩一個小問題……」安萬里苦笑地伸起另一隻尙安在的手，「我這樣子不方便回到公會。」

「我。」秋冬語眨也不眨地開口，眸子深黝得讓人讀不出裡頭的情緒，「副會長……我送回。」

「不如咱送吧。」出人意料，是畢宿接過了話，「反正咱本來就要去神使公會一趟。」

發覺到一刻的驚訝視線，畢宿挑高眉，抬頭挺胸地迎視回去，「看啥看？咱不是說咱下來要找織女大人和帝君的嗎？」

「最好是，妳根本什麼也沒說吧？」一刻不客氣地揭穿。

畢宿坦然地聳聳肩膀，「那咱現在不就是在跟你說了？是個男人就不要小氣地計較這種芝麻小事，小心不舉。」

「畢宿！」

「咱知道咱叫畢宿，聽好了。」畢宿伸出手指，神情正經，炯亮的大眼直直地望著一刻他們，「咱這次下來，是要來通知織女大人和帝君，牛郎大人也算在內，總之就是要通知他們回天界。」

「天界？」

「師父？」

一刻和柯維安愣了愣。

「對。你們幾個小的，聽過『送神日』嗎？」

乍聞畢宿拋出的疑問，幾人一臉茫然，也有極少數人依然面無表情。

「哎呀，眞是的。」畢宿像恨鐵不成鋼地嚷。

「年輕人不清楚也很正常，不過我沒想到連柯維安也不曉得，帝君會哭的喔。」范相思跟著搖頭嘆氣。

「等等，為毛又是我躺槍？」柯維安抗議。

「因爲我是你直屬上司。」范相思簡潔有力地說，無視娃娃臉男孩被噎住的表情，「『送神日』，顧名思義就是送神回天上的日子，讓神明們報告一年以來所發生的人間大小事務。然後等到迎神日，也就是正月初四，才會回到人間崗位。大概可以當成要開檢討大會，然後就是尾牙、休假這樣。附帶一提，是有神名的神才要回去。」

「那相思妳……」

「我是無名神，當然不用囉，而且留在這賺錢比較有意思。」

「慢著，那送神日是最近就要到了嗎？」

「小白，這我可以……咳……回答你……」

「學長，求你別說話了！」

「眞是……咱來說吧。不過宮一刻你過來，蹲下，不會偷打你的啦。」

「媽啦，當我會打輸妳嗎？然後呢？」

「送神日其實是在農曆十二月下旬。送神日接下來的一串活動，向來由天帝他們主辦，所以織女大人和牛郎大人要回去幫忙。協辦者則是輪流，今年正好輪到帝君的文昌殿。」

這意外的消息，登時使得一刻他們又一怔。

看著幾名年輕孩子呆住的表情，畢宿突地伸出雙手，一把抓住一刻的腦袋，大力地揉了揉。

「宮白毛，接下來你們應該會遇到更多棘手的事，你們熟悉的神將不會在你們身旁。可是咱相信，你們沒問題的。還有那邊那位秋姑娘。」

突如其來的點名，不禁使秋冬語反射性地望過來。

就連一刻他們也忍不住流露疑惑。

畢宿說：「咱聽說妳被那引路人指是非妖也非怪，別聽他瞎說。雖然不曉得他的空間怎麼會對妳失效，可是咱可以很肯定地告訴妳，咱在妳身上，聞到一絲極細的妖氣。」

「妳說她是妖？」曲九江的銀眸瞇了瞇，覺得自己的判斷受到質疑，「我從來就沒聞到任何妖氣。」

「啊？你是笨蛋嗎？」畢宿毫不客氣地就是大大嘲笑。

像是未察曲九江狠戾的瞪視和秋冬語微縮的瞳孔，頭頂金色雙角的黑髮少女鏗鏘有力地大聲宣告：

「你以爲咱是誰？咱可是對女孩子的一切，都最最最敏銳的金牛星·畢宿！」

尾聲

「就說沒有這種事……煩死了，你們神使公會的到底要打幾次這種無聊電話！要不是看在小小姐的吩咐，誰會理你們……啊啊，囉嗦！沒有的事就是沒有啦！」

火大地朝話筒另一端吼了聲，陸梧桐用力掛上電話，而他過大的聲音引來了另一個人。

「喂喂，小陸，你搞什麼？大老遠就聽見你鬼吼鬼叫，小小姐可是在樓上睡午覺耶。」從大廳門外拐進的伍書響大皺眉頭，「你是吃到炸藥嗎？」

「二樓樓梯離這遠，小小姐聽不見的，而且我才沒吃什麼炸藥。」陸梧桐的表情和他的話相反，他臭著臉，重重地坐進沙發裡。反正符家大廳現在也沒第三人，他不須太顧及禮節，「還不都是那個神使公會。」

「靠！又是他們？」這下伍書響眉頭也跟著打結。

雖自乏月祭結束後，因已逝去的前任家主和現任家主，符家與神使公會的關係漸漸和緩。可是公會近日打來的電話，問的卻是足以令伍書響和陸梧桐氣得當場跳腳的問題。

「他們到底在發啥神經……問那什麼鳥問題？」伍書響忍不住也抱怨連連，「居然問前家主的骨灰是不是還在……廢話，怎麼可能弄丟啊！而且小小姐明明也肯定地回覆過了！」

「他們這叫那個啥的……不見淡水河不死心！」

原本還與陸梧桐同仇敵愾的伍書響瞬間目瞪口呆，幾乎被陸梧桐的「天才」給驚呆了。

陸梧桐還對自己用了成語沾沾自喜。

伍書響簡直想一掌拍上同伴的腦袋。什麼淡水河？分明就是……

「黃河。」稚氣平淡的聲音說。

「沒錯，是黃河才對！小陸你這笨蛋，聽見了沒……」伍書響最後幾字驀地吞回嘴內。

大廳不是只有他們兩人嗎？那第三個聲音……

伍書響和陸梧桐不約而同地轉過頭。

門口處，不知什麼時候竟站著一抹嬌小人影。

紮成長馬尾的雪白髮絲，像是剔透玻璃珠的鮮紅大眼睛，符芍音白皙的小臉蛋一如往常缺乏表情，但眸裡似乎流露了一縷遺憾。

「欸，小伍，小小姐是在看我嗎？難道……我今天穿得比較好看？」

「白痴，小小姐是用遺憾的眼神在看你啦！」伍書響吐槽。

小陸難道沒發現自己正被一名小學二年級生同情嗎？

可是下一秒，伍書響就被另一個物體吸走注意力。

符芍音腳邊，赫然擺著一個小背包。背包塞得鼓鼓的，顯然裝了不少東西。

「小小姐，妳是要野餐嗎？」陸梧桐也注意到了，他吃驚地喊，「不行不行，現在外面太陽那麼大！」

「野餐，不。」符芍音面無表情地搖搖頭，潔白手指指向小背包，「流浪天涯小包包。」

「……咦？」

「……欸？」

伍書響和陸梧桐呆住，他們對視一眼，緊接著不敢置信地齊刷刷看向符芍音。

「流流流……流浪天涯……」

「小小姐妳要離離……離家出走⁉」

符芍音鄭重地點點頭，微鬈的馬尾末端跟著晃動了一下，接著她又從背包裡抽出一張事先寫好的紙板。

伍書響、陸梧桐一看清，頓時又懵了。

紙板上詳細寫著要伍書響兩人幫忙自己向學校請假，包括請假理由和天數都寫上去了。

伍書響和陸梧桐還沒回過神，現任的符家小家主已將小背包揹好，抬頭挺胸地說：

「離家出走，找哥哥。」

〈提之燈與引之線〉完

後記

於是，又來到了每卷最後必出現的後記時間。

有時候眞的覺得後記比正文難下手，尤其要寫出個狂霸酷炫跩，讓各位讀者們難忘的後記，更是一項高難度的挑戰。

而今天的我，依舊挑戰失敗（躺

大家就接受一下我這個離狂霸酷炫跩還有好長距離的後記吧！

有看過《織女》的人都在猜新引路人其實是舊引路人變來的，可惜答案不完全正確。應該說，他有部分是成就於舊引路人的傳聞而來。

總之，把新引路人當作是三個傳聞的綜合物就可以了XD

符廊香再度登場，不知道有沒有讓大家大吃一驚？

原本在十一集的時候，就沒有要讓她眞正領便當。私心很喜歡她這位反派，所以在架構她的故事時，也就決定要讓她成爲一個重要角色。

這回一刻他們依舊沒有消滅她，逃脫的符廊香又將會帶來什麼樣的風暴和災難？她在

「唯一事件」裡又是扮演著怎樣的關鍵角色？

答案~當然不會現在就說出來XD

除了引路人之外，有位眞正的舊角色也在本集登場了，那就是依然沒有改變喜歡女色習慣的畢宿！

不過重新登場的畢宿，完全變成一個帥氣的僞美少年啊！

夜風大眞的把畢宿畫得超級帥氣，根本就是要搶盡其他男角的風采，讓人幾乎忘了她其實是位女孩子。

另外，十炎的少年模樣也在十二集的拉頁裡揭曉了。

拿著菸管，抱著冬語寶寶的十炎老大，相信有讓大家感到一股濃濃的父愛散發出來是不是？

光看著那圖，我的心都要融化了……我覺得維安也會和我一樣快融化了XDDD

說點題外話~前幾天在看日本台的時候，剛好看到了史萊姆咖哩，當然不是眞的用史萊姆做的，但是咖哩的顏色是驚人的藍綠色……因爲沒有提到是怎樣的味道，忍不住就上網辜狗了一下。

究竟史萊姆咖哩是什麼味道呢？嗯，出乎意料地似乎就是普通咖哩的味道。雖然是這

樣，我還是想吃普通的一般咖哩就好。

如果對這好奇的話，大家也可以上網搜尋一下喔。

最後～關鍵字時間再度降臨！

廢墟裡的紅影、夜半的歌聲、黑家名下的繁花地……

我們下集再見了～～

醉琉璃

【下集預告】

一通電話，突如其來的小客人駕到。
一通電話，捎來了黑家的邀請。

在范相思的「嚴令」下，一刻等人打包上路，
前往黑家別墅，進行所謂的放鬆之旅～
但看似能喘口氣的度假生活，卻暗藏了新風暴……

卷十三・宿鳥與繁花地

7月，火熱推出！

國家圖書館出版品預行編目資料

神使繪卷. 卷十二／醉琉璃 著.
——初版. ——台北市：魔豆文化出版：蓋亞文化發行，2015.05
冊； 公分.（Fresh；FS084）
ISBN 978-986-5987-64-0
857.7 104005984

作者／醉琉璃
插畫／夜風　　封面設計／克里斯
出版社／魔豆文化有限公司
地址◎ 台北市103赤峰街41巷7號1樓
電話◎（02）25585438　傳真◎（02）25585439
部落格◎ gaeabooks.pixnet.net/blog
臉書◎ www.facebook.com/Gaeabooks
電子信箱◎ gaea@gaeabooks.com.tw
投稿信箱◎ editor@gaeabooks.com.tw
郵撥帳號◎ 19769541　戶名：蓋亞文化有限公司
發行／蓋亞文化有限公司
法律顧問／義正國際法律事務所
總經銷／聯合發行股份有限公司
地址◎ 新北市新店區寶橋路二三五巷六弄六號二樓
電話◎（02）29178022　傳真◎（02）29156275
港澳地區／一代匯集
地址◎ 九龍旺角塘尾道64號龍駒企業大廈10樓B&D室
電話◎（852）2783-8102　傳真◎（852）2396-0050
初版一刷／2015年5月
定價／新台幣 240 元
Printed in Taiwan

ISBN／978-986-5987-64-0

魔豆

魔豆